2
木嶋隆太
illustration 卵の黄身
ハズレスキル『ガチャ』で
追放された俺は、わがまま幼馴染を
絶縁し覚醒する
~万能チートスキルをゲットして、
目指せ楽々最強スローライフ!~

「……私のような貧相な体では駄目ですか？
体は亜人ですけど、人間とそう
変わらないと思いますよ？」
リビア

「そ、そういう話じゃなくてな!」
クレスト・ハバースト

オルフェ

「ポーション、に関してのみは感謝するわ、ありがとう人間よ」
スフィー
「……いや、別に気にするな。こちらこそ、面会してくれて助かった」
「それで？　あなたたちの望みは何かしら？」

リオン・
ハバースト

妖狐
「クレスト、とは確か……
あなたの弟様、でしたか？
面白いスキルを持っているという」
「そうだ。奴を連れ戻し、
奴隷の首輪を嵌める。
そうすれば、クレストは
僕の言いなりだからな」

けれど、見切れるほどだ。
それに合わせ、剣を振りぬく。

ハズレスキル『ガチャ』で追放された俺は、わがまま幼馴染を絶縁し覚醒する
～万能チートスキルをゲットして、目指せ楽々最強スローライフ！～

2

木嶋隆太 illustration 卵の黄身

HAZURE SKILL GACHA

Kizima Ryuta presents
illustration by Tamagonokimi

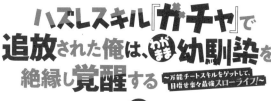

CONTENTS

HAZURE SKILL
『GACHA』

プロローグ「ゴブリンクイーンとの出会い」

「村を救ってほしい？」

俺は目の前の少女にしか見えないゴブリンクイーンにそう問いかけなおした。

毒状態は完全に治ったようで、顔色は良い。

「はい……私の村では魔物を狩って生活をしていたのですが、突然出現した魔物に襲われてしまい、毒に侵された者がたくさん出てしまったんです。あなたの力で、その者たちの治療も行ってはくれませんか？」

「ちょっと待ってくれ……村があるのか？」

「村、といってもそれほど立派なものではありませんけどね」

ゴブリンクイーンは恥ずかしがるように頬をかく。

だとしても、きちんとした村があるということに驚きもあった。

下界送りにされた亜人も数多くいるのは知っていたが、だとしてもまさか村にまで発展しているとは。

歓迎されるかどうかは分からないが、俺も一人で行動したいわけではない。

「分かった。ただ、それほど解毒用ポーションを持っているわけじゃないんだ」

「そうですか。困りましたね」

「一応、毒を扱う魔物を倒せばたぶんその素材で解毒用ポーションの作製ができるはずだけど……」

「それでしたら、倒せるかどうかはともかくとして、私たちを毒で侵した魔物がいますね」

俺が知っている毒の治療の素材を落とす魔物は、ポイズンビーだ。

ただ、今俺たちがいる場所からポイズンビーがいる場所までは随分と時間がかかってしまう。

「分かった。ひとまずは村を目指していこうか」

「ありがとうございます、ご案内します」

「その前に自己紹介くらいしておいてもいいか？　俺はクレストって言うんだ。よろしく」

「クレスト様ですね。私は……リビアと申します」

「リビアか、よろしく」

名前もあるんだな。そういった文化もしっかりとあるようだ。

「リビアは上界にいたのか？」

「いえ、私はここで育ちました」

「そうなんだな」

「はい。ですが、大昔。私たちの先祖は上界で暮らしていたそうです」

「そっか」

亜人だから、上界を追放されてしまったのかもしれない。

リビアがにこりと微笑んだ。

「ですから、私たちは上界の方々を叩き潰すのが目標なんですよ」

「……」

お、俺が上界の人間だとバレてしまったら、殺されるんじゃないだろうか？

村に行くのはやめた方がいいかもしれないと考えていると、リビアがにこりと微笑んだ。

「冗談ですよ。先祖はそう思っているかもしれませんが、もうその時代の亜人は誰も残っていませんから。少し確認しておきたいのですが、クレスト様は上界の方ですよね？」

「え⁉　あ、ああ。そうだ。元、な」

「元、でしょうか？」

「ああ」

「事情を聞いてもよろしいでしょうか？」

問いかけに俺は頷いた。別に隠すようなことでもない。

俺が上界で受けた仕打ちを彼女に説明していくと、リビアは驚いたように目を見開いた。

「そう、だったのですね。お辛かったですね」

リビアはぎゅっと俺の手を握ってきた。慈愛の帯びた微笑みと久しぶりの女性の感触にドキリとする。

「まあ、な。けど、もう終わったことだ。それにどうやら俺のスキルはハズレではなかったみたいだしな」

「そうなのですか？」

「ああ。勘違いだったそうだ」

「それでは……お戻りになられるのですか？」

「いや、戻るつもりはない。どうせ戻ってもいいように使われるだけだしな。だったら、この下界でのんびり生を全うした方がいいと思ったんだ」

「そうだったのですね」

「村の人たちを助けたら、俺も村の一員に混ぜてもらえるかな？」

あまり期待はしないで、問いかける。リビアは俺の言葉に笑顔で頷いた。

「もちろんです。ゴブリンたちしかいませんが、皆魔物化したゴブリンと違って知能はありますから！　クレスト様たちならきっとお友達になれると思います！」

俺と、そして俺の仲間二体を見てリビアははっきりとそういった。

「魔物化ってことは、リビアたちは普通のゴブリンとは違うって感じか？」

「そうですね。亜人という者は体内に魔物の力を有しています。多くの場合は問題ありませんが、魔物の力が過剰に増えてしまうと魔物のような存在になってしまうことがありますね。だからこそ、上界の人間たちは私たちを恐れていて、追放していた、と私は聞きました」

「そうだったんだな。上界ではそこまでのことは教えてもらえなかったな。つまり、こうして話ができる人は亜人で、話ができない奴が魔物って認識でいいのか？」

「はい、それで間違いはないと思います」

そんな話をしている時だった。ルフナが足を止める。

何かを発見したようだ。俺も感知術を発動し、周囲の様子を窺う。

「どうされましたか？」

「魔物が近くにいるな」

「魔物、ですか？」

俺たちはすっと膝を折り曲げ、周囲の木々で身を隠す。

感知術で見つけた方へと向かうと、そこに見たこともない魔物がいた。

「クラブシザース、ですね」

リビアがぽつりと呟いた。目の前には大きなカニのような魔物がいた。

両腕の爪は俺の胴程はある。とても身が詰まっていて美味しそうに見えるが、アレに体を挟まれればひとたまりもないだろう。

俺がじっくりと観察していると、リビアがすっと腰にさげた剣を傾けた。

「戦いましょうか？」

「リビアは戦えるのか？」

「ふふ、私村一番の実力なんですよ」

「そうなのか？」

「疑っていますね？　お見せしましょうか？」

少し迷った。ただ、リビアの実力を知っておいた方がいいかもしれない。

俺よりも強い可能性は十分にあるからな。

「分かった。俺は周囲の警戒を行っているから、任せてもいいか？」

「はい。お願いしますね」

リビアが微笑むと同時、地面を蹴りつけた。

速い！　目で追えないほどではないが、その速度はルフナ以上にあるように見えた。

クラブシザースがリビアに気づいた。しかし、その時にはすでに彼女の間合いだ。

「やぁ！」

可愛らしい声が響き、リビアの剣が振りぬかれた。その剣は、リビアが女性だというのを忘れるほどの轟音だった。

亜人に、女性も男性もない、か。振りぬかれた剣はクラブシザースの関節へと入り、その爪を斬り落とした。

「えい！」

またしても可愛らしい掛け声とともに、悲鳴をあげていたクラブシザースを斬りつけた。

黒い返り血が空に舞うが、リビアはそれを浴びないようにかわし、俺の前まで戻ってきていた。

「いかがでしたでしょうか？」

「かなり、強いな」

「ありがとうございます」

リビアは嬉しそうに微笑んでいたのだが、俺は内心穏やかではない。

もしも、村にリビアほどの実力者ばかりだったら？　いや、あと三人もいれば俺たちでは逃げるのが精一杯かもしれない。

ひとまず、リビアから敵意は感じないが万が一、敵対してしまったら――。

いや、その先は考えないでおこう。村の窮地を助けてあげれば、襲われることはないだろう。

「それじゃあ、先に進もうか」

「はい。索敵に関してはどうにも苦手でして。お願いしてしまってもよろしいでしょうか？」

「任せてくれ」

俺は微笑んでいたリビアとともに歩いていった。

もう一つのプロローグ 「エリスとミヌの会議」

「エリス」

わたくしは名前を呼ばれ、視線をそちらに向けた。

そこにはミヌがいた。すっと澄ました顔でこちらを見ていた。

わたくしたちは同じ馬車に乗り、一つの街へと向かっていた。

その街付近で魔物が大量発生したらしい。

だから、わたくしたちが派遣されたということだ。

「なんですの？」

ミヌと話すことなんて何もなかった。

わたくしが露骨な態度を見せると、ミヌはじっとこちらを見てきた。

「この前、ハバースト家のアリブレットが下界に派遣されたのは知っている？」

「アリブレット？　誰ですの？」

「クレストの兄。何、そんなのも知らないの？」

「あの家に別に興味ありませんもの」

ふんとわたくしがそう言うと、ミヌがはっと笑った。

「あなた、クレストのこと何も知らないのね」

「知っていますわよ？　少なくともあなたよりは」

「家族の名前も知らなかった」

「家族のことを覚えていたところで意味はありませんもの。そんな知識自慢、何にもなりませんわよ？」

「でも、クレストのこと何も知ろうとしなかったあなたよりはずっといいと思うけど」

いちいち人に突っかかってきてっ。

わたくしがミヌを睨んでいると、向こうも同じように睨みつけてくる。

相変わらずだ、こいつは。

わたくしは、そんな彼女に何かぎゃふんと言わせられることはないかと考え、それから一つの提案をする。

「あなた、クレストと一緒にお風呂に入ったことはありますの？」

「は？」

驚き、彼女の体が震えた。

その反応を見て、わたくしは思わず口元が緩んでしまう。

この言葉は、確実に彼女に大打撃を与える一言だったのだと理解する。

わたくしは、自慢げに続けてやる。

「わたくしはありますわよ」

勝った。

わたくしは悔しそうにこちらを睨んでくるミヌにふんと鼻を鳴らして笑った。

「また、家の立場を利用して無理やり何かしたんでしょ？」

「そんなことはありませんわよ。ただ純粋に、婚約者同士裸の付き合いというものがあっただけですわ」

ミヌの言葉に、わたくしは当時のことを思い出す。

まだ十歳くらいの頃に、クレストに頭を洗ってほしくて無理やりに命じたのだ。

うん、家の立場を利用しての強制的なものである。きっとクレストは嫌だったに違いない。

自慢とするにはあまりにも残念なことだとは思うが、それでも今だけは優越感に浸るため、使わせてもらう。

わたくしの方をじっと睨みつけてきていたミヌは、それからふんっと馬車の外へと視線を向けた。

「ハバースト家は、今後どう動くと思う？」

「さあ？　また懲りずに人を派遣するのではありませんこと？」

「それには、私も同意。私の家からも部隊を派遣する予定だったけど、今のところは領地で発生している魔物の対応で難しそう。そっちは？」

ミヌの問いかけに、わたくしは父との話を思い出す。

リフェールド家からも、下界へ向けて捜索部隊を派遣すると話していた。順調に準備ができていれば恐らくすでに下界へと出発しているはずだ。

「わたくしの家はつい先日部隊を整え、派遣したはずですわ」

「そう。まあ、あなたの家からの派遣じゃ絶対に戻ってこないだろうけど」

「分かりませんわよ、それは」

そう否定はしたけど、恐らくミヌの言う通りだろうとも思っていた。

クレストがわたくしを拒絶した時のことは、今でも夢に見るほどだ。

だからきっと、わたくしがいるリフェールド家の部隊の頼みなんて聞きはしないと思う。

「どうせ、無理」

「……」

ミヌが重ねて否定してきて、それに言い返せるほどの自信もなかった。

「万が一クレストが上界に戻ってきたら、よりを戻そうと思っているの？」

難しい、とは思っている。

まず真っ先にすることは謝罪だ。けど、もしもその後でクレストが再びわたくしを受け入れてくれるのだったら――。

「当たり前ですわ。わたくし、婚約者ですもの」

弱気な態度は表には出さない。そんな態度をミヌに悟られたくはなかった。

「元ね」

「いちいち癪に障りますわね」

「事実しか話してないけど？　もしも、クレストが一生上界に戻らないと言ったら？」

「……それは――」

まったく考えていないことではなかった。

クレストが下界に留まることを選択した場合、わたくしもクレストと一緒に生きたいのだから下界へと降りることも考えていた。

「さあ？　その時はまた考えますわ」

「あっそ。私は下界でクレストと一緒に過ごすのもありだと思っている。別に、この上界に未練があるわけでもないし」

ミヌはじっとこちらを睨むようにそう言ってきた。

その考えはわたくしも持っていた。

だからこそ、わたくしはそれ以上は何も言わない。

馬車が街へと到着するまでに、何度か魔物との交戦があった。

本当に上界に出現する魔物が増加している。

早く元の上界へと戻ってほしいものだと思いながら、クレストの顔を思い浮かべた。

リフェールド家からの捜索部隊が、万が一にもクレストを連れて戻ってきてくれたら。

そんな期待をしながら、わたくしは街の防衛のために戦闘の準備を行う。

わたくしが与えられたスキル『聖女の加護』は魔物と直接戦うよりは、支援や補助をするのに向いている。

再会したら、まず謝って。それからもう一度一緒にいたいという気持ちを伝える。

そのためにも、わたくしはここで死ぬわけにはいかない。

第1話　「ゴブリンの村」

「この辺りでポイズンスネークを発見しました」

「ポイズンスネーク。そいつは強いのか？」

「とても強いです。それに、奴は地面に潜っているのでその点で少し注意が必要です」

「そうか。それで毒に侵されている人数はどのくらいになるんだ？」

「私たちの村には今私含めて三十人いますが、十八人ほどが毒に侵されてしまっています。残りを村の防衛として残していますね」

「なるほどな」

ポイズンスネークのどの部位で解毒用ポーションが作製できるか分からない。もしも、一つしかないような部位だとしたら何体も狩る必要がありそうだ。

敵は地面に埋まっているということなので、感知術も地面を意識して使用していく。

「ルフナ。敵は地面の中にいる。異変があればすぐに教えてくれ」

「ガウ！」

「ゴブリアもな」

「ゴブー！」

二体が元気よく返事をした時だった。リビアがこちらを見て来た。

「そういえば、二人は魔名（まな）をお持ちなのですね」

「魔名？　なんだそれは？」

俺が問いかけると、リビアは口元に手をあてた。

「えっ、魔名をご存じではありませんでしたか？」

「あ、ああ……変なのか？」

「いえ。では知らないままに魔名を与えられるほどの力をお持ちなのですね？」

「名前は与えたが、別に魔名とは違うんじゃないか？」

「いえ、魔名だと思います。ルフナ様、ゴブリア様から感じられる力は、私たちとは一線を画した力ですので」

「そう、なのか。魔名があると通常よりも強くなるのか？」

リビアは考えるように顎に手をやる。

「そうですね。その後の成長にも影響が出てくるとも聞きました。私も、魔名は持っていませんのであくまで聞いた話ですが」

「なるほど、な。リビアっていうのは、ただの名前で、魔名ではないんだな」

「それで間違いありません。リビア、と名乗っていますがあくまでそれは呼称だけです。ですが、魔名は違います。根本的にステータスを強化するためのものとなっています」

「そうだったのか」

魔名、か。だから、ゴブリアとルフナに名前をつけた時に強化されたのか。

そこまでだいそれたものだとは思っていなかった。

そんな話をしていた時だった。感知術に魔物の反応があった。

地中ではない。また別の魔物だろうか？

「リビア、この辺りに他の魔物はいるのか？」

「マウンテンコングという魔物がいます。ポイズンスネークの餌ですね」

「……なるほど、な。今向こうの方角に反応があったんだ。少し見にいってみようか」

「分かりました」

ルフナを先頭に移動すると、そちらに巨大なゴリラがいた。そいつが、マウンテンコングだった。

リビアが剣の柄へと手を伸ばしたので、俺が片手で制した。

「次は俺にやらせてくれないか？　この後の戦いのためにも少し体を動かしておきたいんだ」

「分かりました。マウンテンコングは速さはありませんが、力が強いです。攻撃に直撃しないよう、気を付けてください」

「ああ」

リビアのアドバイスを参考に、俺はマウンテンコングへと走り出す。マウンテンコングはまったくこちらに気づいていない。

魔物が気づいたのは、俺が間合いに入ったところだった。驚いた様子で振り返ったその片腕を剣で斬りつけた。

血が噴き出す。よろめいたマウンテンコングを斬りつけていき、膝から崩れたところで首をはねた。

問題なさそうだ。体の調子を確かめた俺は血を払いながらリビアの方へと戻る。リビアは驚いたように口を開いていた。

「とても、お強いのですね」

「そうでもないよ」

「いえ……まさかこれほどまで実力があったとは。これならば、ポイズンスネークにも苦戦することはなさそうです」

「まあ、そうなるように頑張るよ」

苦笑していた時だった。ルフナが低く唸った。すぐに感知術を発動すると、地中から反応があった。

何かが蠢いている。間違いなく、ポイズンスネークだ！

「リビア、来るぞ！」

「はい！」

近づき、地中が揺れたことでリビアも居場所を特定できたようだ。

俺たちが剣を抜き、警戒を強めた時だった。ポイズンスネークが現れた。

「シャア！」

現れると同時、威嚇してきた。ポイズンスネークの鱗は紫色をしており、その口元からは紫色の煙が漏れ出ている。

見ているだけで気分が悪くなりそうだ。

「ポイズンスネークはあの口から毒液を出してきます。気を付けてください！」

「……ああ、分かった！」

リビアと俺は左右に分かれる。ポイズンスネークの前にルフナが立ちふさがり、大きく吠えた。

それに反応したようで、ポイズンスネークの注目はルフナに集まっている。

いいぞ、ルフナ。ルフナに注目が集まり、ポイズンスネークの巨体がルフナへと覆いかぶさるように倒れかかった。

「ルフナ様！　回避を！」

リビアが悲鳴のような叫びを上げる。彼女には俺たちの戦い方を伝えていなかったせいで、焦らせてしまったか。

「大丈夫だリビア！　一気に仕掛けるぞ！」

俺が叫びながら、召喚士のスキルを発動する。ルフナを対象にし、ルフナをポイズンスネークの背後へと回るように召喚した。

「シャア⁉」

突然目の前からルフナが消えたからか、ポイズンスネークが驚いたような声を上げる。

同時に、俺とリビアは左右から斬りかかる。ゴブリアも、待っていましたとばかりに助走とともに一撃を叩きこんだ。

ポイズンスネークの頭にずしんと重たい一撃が加わる。巨体は地面に埋まるように揺れる。

鱗に剣はあっさりと通った。ポイズンスネークが体を揺すりながら、逃げようとしたが、

「やあ！」

リビアが飛び上がり、その背中へと剣を突き刺した。地面に縫い留められたポイズンスネークは、脈動を繰り返したあと、絶命する。

完全に動かなくなったのを確認したところで、俺はポイズンスネークの素材と入手できるポイントを確認していく。

ポイズンスネークは200か。素材に関しては――。

「クレスト様、どうでしょうか？」

剣をしまいながら不安げに首を傾げるリビア。そんな彼女に、俺は笑顔を返した。

「どうやら、この一枚一枚の鱗と薬草で解毒用ポーションが作れそうだ」

「本当ですか⁉」

「ああ。これで何とか村の人たちを救えると思う。急ごう」

「はい……！」

俺は解体用ナイフを使い、必要な枚数を回収していく。といっても、ポーションを作るための薬草自体も今はそんなに持ち歩いていないんだよな。

「リビア、薬草などはあるか？」

「一応、村で保管してある物がありますね」

「そうか。それならそれももらってもいいか？」

「もちろんです！」

回収を終えた俺たちは、すぐに村を目指して歩き出した。

○

村は、とても村とは言えないほどだった。

まず外壁。一応外敵から身を守るために作ったのだろうが、木の柵がいくつかある程度。俺でさえ跨ごうと思えば跨げるほどだ。

こんな物、目の見えていないウルフなどくらいしか足止めできないのではないだろうか。ないよりはマシなのかもしれないが。

村内には建物もある。しかし、かなり文化レベルが低い。

俺が上界にいる時に昔の人たちの生活について学ぶ機会があった。それこそ、藁などで建物を作るような時代だ。ゴブリンたちの家は本当にそのレベルだった。

一応木々で建物らしい物は作られていたのだが、木の葉などでどうにか屋根代わりにしているような感じだ。土などを盛り上げて作られた建物もあるが、雨が降ったら大変なことになりそうだなと思った。

畑や調理場と思われる場所もあったが、そちらもあまりうまくいっていないようだった。

何の知識がないにもかかわらず、むしろここまでできただけでも凄いのかもしれない。

俺だってスキルがあったからどうにかなっているが、スキルがなければこのレベルの物でさえ作れたとは思えない。

リビアの隣を歩いていると、ゴブリンたちがやってきた。武器を持っていたゴブリンは、一応性別的には女と分かる程度の容姿をしていた。

「り、リビア様。お出迎え遅れてしまい申し訳ございません」

「いえ、気にしないでください。それよりも、皆の状況は？」

「と、とても大変な状況でして……。も、もう長くは持たないかもしれません！」

泣き出してしまったゴブリンの肩を、リビアがとんと叩いた。

「きっとなんとかなります。こちらにいる人間は、我々の村を救うための救世主様です」

救世主様、といわれるほどの者ではないのだが、リビアもゴブリンたちを元気づけるために大げさに言っているのだろう。

水を差すようなことを言うつもりはなかったので、紹介されるままに俺は一歩前に出た。

しかし、ゴブリンたちはどこか警戒しているようだった。

「に、人間……ですよね？」

「はい。そうですね。ですが、彼は私を助けてくれました」

「そ、そういえば！　リビア様、お体はもう大丈夫なのですか⁉」

「はい」

「お、驚きましたよ！ 朝起きたらいなくなっているのですから！ 『ちょっと毒を治す薬を探してくる！』じゃないですよ！」

ゴブリンは木の板をリビアに見せつけた。書きおきを残していたようだ。

リビアを心配そうに見つめるゴブリンたちに、彼女はあははーと笑っていた。

「申し訳ございません。ですが、きちんと成果はあげましたよ？」

「そうではないのです！ あなた様を失ったら我々の生きがいもなくなってしまうのです！ きちんと、理解してください！」

「はい、そうですね。とにかく、お説教はまたあとで聞きますから。早く治療を開始しましょう。皆さん、村内にある薬草を準備してください。クレスト様が使いますので」

俺の名前を呼びながら、こちらに指を向けてくる。ゴブリンたちはリビアの指示もあって、素直に従った。

「それではクレスト様。現場に向かいましょう」

「……ああ。それにしてもリビア。結構、無茶なことをしていたよな？」

毒のまま外を歩き回るって。そりゃあ心配もするだろう。

「仕方ありませんよ。この村で満足に戦える人はもう残り少なかったのです。その中で比較的毒の影響を受けていなかった私が動くしかなかったのです」

「でも、アテがあったわけじゃないだろ？ 無茶だといわれても仕方ないんじゃないか？」

「それは、そうですが……け、結果的にクレスト様にお会いできましたから」

誤魔化すようにリビアは笑ってみせた。

じっとしていられなかった、というのも分かるけどさ。

彼女の心境も理解できないわけではなかったので、俺もそれ以上は口にしなかった。

リビアの案内でたどり着いた建物。ひときわ大きなそこは、他の建物よりも随分としっかりとしていた。

一階建てのそこには、葉や藁が敷かれ、ゴブリンたちが寝かされていた。倒れているゴブリンたちはうめくような声をあげているし、看病している人たちの落ち込んだ表情もあって、沈んだ空気が充満していた。

「リビア様!?　に、人間!?」

「ど、どういうことですか!?」

看病していたゴブリンたちが震えだし、それをリビアが一声で止めた。

「落ち着いてください。クレスト様、治療を開始してください。皆に説明をしていきますから」

「分かった」

俺は小さく息を吐いてから、薬師のスキルで解毒用ポーションを作製していく。

それをゴブリンの口元にあてがい、飲ませていく。

手持ちのポーションが尽きたところで、薬草が運び込まれてきて、さらに治療を進めていく。

初めは怪訝な様子だったが、ゴブリンたちの表情が和らいでいくのを見て、どうやら信頼してくれるようになったようだ。

全員の治療を終えた時には、初めの方に治療したゴブリンたちが目を覚ました。

「こ、ここは？」

「た、確か俺たち毒でやられたんじゃ⁉」

毒で侵されていたゴブリンたちには男の方が多かった。彼らは生きているのを驚くかのように自分自身の手元を見ていた。

「良かった！」

「また目を覚ましてくれるなんて！」

看病していたゴブリンたちが涙を流し、嬉しそうにゴブリンたちに抱きついている。カップルや夫婦の関係の者もいるようだ。

良いことをしたような気分になり、彼らを眺めているとリビアがこちらへとやってきた。

そして、深々と頭を下げた。

「ありがとうございます、クレスト様。あなたのおかげで、村の危機を救うことができました」

「いや、別に気にしないでくれ。力になれてよかったよ」

俺が答えると、復活したゴブリンや他のゴブリンたちもこちらへとやってくる。

「く、クレストさんっていうのか？　人間なのに……いや。なんでもない。とにかく、助けてくれてありがとう！」

「あんたは命の恩人だ！」

「良かったよぉぉぉ！　おばあちゃんとお別れになったのは寂しかったけど、こうしてフィアンせとまた会えてよかった！」

ゴブリンたちは深々と頭を下げてくる。お、思っていたよりも礼儀正しいな。

困惑しながらもそのお礼を受けていると、リビアがゴブリンたちを制した。

「皆さま。まだ完全に回復したわけではないのです。大人しくしていてください」

「わ、分かりました！」

「そ、それは女王様もですよ！」

「私はまだやることがありますから。クレスト様、少しお付き合いしてもらってもよろしいでしょうか？」

「ああ、分かった」

リビアに頷きを返し、俺は彼女とともに歩いていった。

○

たどり着いたのは綺麗な家だった。

ここは俺がスキルで作製した家にも並ぶのではないかと思える物だ。そこが、リビアの家のようだ。

中へと入ったところで、リビアがすっと頭を下げてきた。

「ありがとうございました。あなたがいなければ、私たちゴブリン族は今頃全滅していたかもしれません」

「別に、そんなだいそれたことはしてないって。……俺もここでしばらく過ごさせてもらうっていう約束だったからな。それより、もう体の調子は大丈夫なのか？」

「はい。クレスト様のおかげで、今はもう問題ありません」

にこりと微笑んだリビア。本当に人とそう変わらない見た目、笑顔だ。

改めてこう向けられると照れ臭いものがある。

「クレスト様。折り入って頼みがあるのですが、よろしいでしょうか？」

「なんだ？」

どうしたのだろうか？　俺が首を傾げると、リビアは俺の両手を包むように掴んできた。

柔らかな感触に驚いていると、リビアが頬を僅かに染めながらこちらを見上げてきた。

「私と、婚約していただけませんでしょうか？」

可愛らしい頬を朱色に染め、視線を僅かに外に向けた。

一瞬理解できず、俺は固まる。

それから、目を見開いた。

「ど、どういう意味だ⁉」

「そのままの意味です。詳しい事情を話しますと、色々とあるのですが……」

「詳しい事情を聞かせてくれないか？」

「私たちゴブリン族のもとに同盟の話が来ています。というのも、ゴブリン族はあまり亜人たちの中では強くありません。ここにいるゴブリンたちは、野生のゴブリンと比べてみな力はありますが、それでも他種族には劣ってしまいます」

「同盟、か」

「はい。それで、ですね。同盟の条件として……私が要求されているんです」

彼女の言葉に俺は少し貴族の時代を思い出した。

家同士を仲良くするため、その子息、子女同士で結婚させるというのはよくあることだ。

俺とエリスも似たような関係だ。うちの場合は公爵家の中で立場が弱いため、その立場向上の意味合いの方が強いのだが。

同盟を結ぶ以上、そのトップ同士の婚約は必要なのかもしれない。

「亜人でも似たようなことがあるんだな」

「人間でもそうなのですか？」

「まあな。けど、どうして俺と婚約なんだ？」

「あなたに、ゴブリンたちの王になってほしいのです。そして、ワーウルフ族に対して力を証明してほしいのです」

リビアはまっすぐな目とともに、俺を見てきた。

彼女はゴブリン族を助けるために、俺に自らを差し出そうとしているというわけか。

「同盟を持ち掛けてきているのはワーウルフ族、なんだな？」

「はい」

「数はどのくらいになるんだ？」

「三十ほどでしょうか。決して多くはありませんが、力があります。うちのゴブリンで対抗できるのは私くらいのものでしょう。ですから、私に協力していただけませんか？」

うるうると瞳を潤ませ、リビアがこちらを見てきた。

俺は彼女に首を振ってこたえた。

「悪いな。俺は政略結婚とかそういうのが一番嫌いなんだ。だから、この提案は断る」

「そ、それでしたら、今回だけでも手を貸してはいただけませんでしょうか⁉　お願いします、私にできることならばなんでもしますから――」

「いや、そこまでしなくても、乗りかかった船だ。協力はするよ」

「え⁉　ほ、本当でしょうか？」

「そんなに驚くことか？」

「だって、私たちは何もあなたに恩返しができていません。助けられてばかりですよ？」

「……」

別に、情報という貴重な物をいくつももらっている。

それに、下界に降りてからというもの、まともな人とは話してなかった。

唯一話した相手がアリブレットたちで……あれは正直今みたいな落ち着いた会話ではなかった。

今のように話ができるだけでも、俺としては十分だった。

「しばらくは、ここで生活させてくれるんだろ？」

「は、はいそうですね」

「俺にとっては、それだけで十分満足なんだよ」

俺が言うと、ゴブリンクイーンはぎゅっと唇を噛んだ。

それから、ぺこりと頭を下げた。

「ありがとう、ございます」

「頭を下げないでくれ。俺は困っている友人を助けたい、それだけだ」

「友人を助けたい、ですか」

呟くように言ったリビアの目を見てから、俺は背後にいたゴブリンたちを見る。

「ああ、俺は王にはならない。けど、友人が困っているなら、手を貸す。当然じゃないか？」

俺が言うとリビアは唇を一度結んでから、嬉しそうに笑った。

「ありがとうございます。何かあれば、いつでもおっしゃってくださいね」

「そうだ。それなら、一つだけ頼みたいことがある」

「はい、なんでしょうか？」

「木材を集めてくれないか？　俺は木材があればスキルで家が作れるんだ」

「えっ？　そうなのですか？」

「だから俺が暮らすための家を造りたい。まあ、木材を大量に集めてくれるなら、ゴブリンたちの家も造ってみるが」

「分かりました。すぐに用意させましょう」

「ああ、頼む。俺は一度、外に出て家に必要な別の素材を集めてくる」

家は木があればできるが、布団などの作製には別の魔物が必要になる。

自分の生活空間を整えるために、それらのアイテムが欲しかった。

「なるほど。分かりました、お気をつけください」

「ああ。そっちも無理するなよ。まだ病み上がりなんだから」

「気遣っていただき、ありがとうございます」

リビアとはそこで別れ、俺は村の外へと出た。

○

ファングシープを狩り、布団の素材を確保して村へと戻ると、大量の木材があった。

ゴブリンたち、滅茶苦茶頑張ったようだな。

「クレスト様、これだけあれば足りるか？」

俺に気づいたゴブリンがこちらを見て首を傾げた。

「ああ、問題ない。ありがとう」

そう返事をしてから、俺は木材を確認する。

建築術を利用し、すぐに俺は自分の家を造る。

家の場所は、ゴブリンクイーンの家の隣だ。木材がその位置にあったため、そこに建築させてもらうことにした。

　すぐに小屋程度の家は出来上がった。その様を見ていたゴブリンたちが、驚いたような声をあげていた。

「す、すっげぇ。家が本当に一瞬でできたよ……」

「マジかよ。オレたちが一生懸命造っていたのはなんだってんだよ」

「オレたちが何日もかけて造ったのよりも、造りもめちゃくちゃいいじゃねぇか」

　必要最低限の家具を作ってから、俺はちらとゴブリンたちを見る。

「他にも家を造ろうと思うが、ゴブリンたちもこの家みたいなものを作ればいいか？」

「え⁉　クレスト様、作ってくれるのですか⁉」

「木材がある限りはな。今の家だと雨風は凌ぎづらいだろ？　そのくらいは作るよ」

　そういってから、残りの木材で家を造っていく。

　ゴブリンたちがまとめて暮らせるよう、家を造っていった。

　結構木材は消費したが、それでもそれをいくつか用意すると、ゴブリンたちは嬉しそうにしていた。

「す、すげぇ！　風が全然入ってこないぞ！」

「な、なんて過ごしやすいんだ！　クレスト様、ありがとう！」

　ゴブリンたちは目を輝かせながらお礼を言ってくれる。ここまで素直に喜ばれると、作った甲斐があったというものだ。

周囲をゴブリンに囲まれていると、リビアが奥からやってきた。

「本当に凄いのですね、クレスト様は」

「そうでもない。スキルを持っているだけだ」

「ですが、それをわざわざ皆さまのために使ってくれました。本当にありがとうございます」

ぺこり、と彼女が頭を下げてくる。リビアの丁寧な態度に頬をかいていると、何やら良い匂いが鼻をくすぐる。

匂いをたどるように空を見上げる。気づけばもう夕方だ。

「夕食とか作っているのか？」

「はい！　魔物の肉を焼いています。どうですか？　一度見てみますか？」

「あ、ああ」

ゴブリンの料理か。どのようなものか気になったので彼女についていく。

リビアとともに調理場へとついた。ここもあとで大衆食堂のようなものを作ってみてもいいかもしれないと思っていた。

外でたき火を挟んで調理が行われている。

「あのクラブシザースはそのまま食べるのか？」

「はい。生で食べるのが美味しいんですよ」

「なるほどな。でも、甲羅とか使ってだしをとったスープもおいしいんじゃないか？」

「だし？　スープ？」

「……」

リビアたちは首を傾げていた。

そうか。鍋などもないから、原始的な調理以外はできないのか。

俺は鍛冶術を発動し、余っていたアイアン魔鉱石で鍋を作製した。

「わ!? な、なんですかそれは!?」

「これは鍋だ。俺のスキルの一つで作製できるんだが――」

大人数での調理になるため、それなりに大きな鍋だ。

俺はたき火をもう一つ用意し、その上に鍋を設置する。水魔法で鍋に水を入れ、それから料理術に従ってクラブシザースの殻などを鍋に入れていった。

「余っている肉はあるか?」

「は、はい!」

調理を担当していたゴブリンに問いかけると、こくりと頷かれた。

「それじゃあ、ここに入れようか。野菜はあるか?」

「こちらです!」

「よし、入れてもらってもいいか?」

「はい!」

すべての具材を入れ、あとは焦げ付かないようにかき混ぜるだけだ。

「そうだ。肉を焼く時にこの塩をかけるといいかもしれない」

俺は僅かに残っていた塩を差し出す。ゴブリンが首を傾げていたので、その手のひらに少しだけ乗せる。

「しょ、しょっぱいです！　なんですかこれは！」

「肉に塩味をつけるんだ。また違った味になって楽しめると思うぞ？」

「や、やってみます！」

ゴブリンの口に合うかどうかは分からないが、合わなかったら今後は使わないだけだ。

「ひ、火魔法も、水魔法も使えるのですね」

リビアが驚いたようにこちらを見ていた。

「そう、だな。便利なスキルを手に入れて今は良かったと思っているよ」

上界では俺のスキルが見直されている、だったか。確かにこれだけあれもこれもできれば、そういう評価になるのも当然か。

そう返事をしてからしばらくが過ぎると、すべての料理ができ上がった。

魔物肉とクラブシザースでだしを取ったスープだ。

スープを食べるために、俺は余っていた木材で皆の分の皿を用意した。木材でスプーンも作ったが、ゴブリンたちはそもそも持ち方もよく分からないような感じだった。

それらについて一から指導していき、皆で食事をする。

「う、うまい!?」

「あったかくて美味しいなこれ！」

「こんな美味しい物、初めて食ったぞ‼」

「クレスト様は天才か⁉」

喜びの声とともに皆がスープをがっついていく。良かった、口に合ったようだ。

次に、肉の串焼きを食べていったゴブリンたちが、再び大げさな反応をする。

「いつもと違う！　これが塩なのか！」

「塩味、うまい！　うまいぞ‼」

どうやら、そちらも口に合うようだ。

俺も肉とスープを食べていくが、確かにゴブリンたちと同じく美味しいという感想だった。

「美味しいです、クレスト様！」

俺の隣に座っていたリビアも、小さな口を動かして串焼きやスープを食べていた。

頬が僅かに紅潮し、興奮している様子だ。

夕食として用意していた料理はあっという間に終わってしまった。

もう少し食べたかったが、仕方ない。

夕食が終わると、ゴブリンたちはぞろぞろと立ち上がる。

これから風呂の時間のようだ。

風呂の準備は魔法系スキルを所持している者の担当だ。

「ゴブリンたちもスキルを持っているんだな」

「皆が持っているわけではありませんが、所持している者もいますね」

「それなら、桶を使った方がたぶん洗いやすいはずだな」

「桶、ですか？」

「ああ。これだ」

俺は残っていた木を使って、桶を作製する。そこに水と火魔法を組み合わせたお湯を作り出した。

「な、なるほど！　これが桶なのですね！」

「そうだ。これがあれば、何度も魔法を使わなくても済むだろ？」

「そうですね！」

リビアが目を輝かせる。ゴブリンたちは凄い物でも見るかのように俺を見てきた。

ゴブリンたちは知識がないからか、俺の行動一つ一つにとても驚いてくれる。教えていて悪い気はしなかった。

桶を一定数用意すると、ゴブリンたちは体を洗っていく。

ゴブリンたちは見られるのを気にしないようだ。男女関係なく体を洗っていく。

ただ、リビアだけは女王ということだからか、皆から見えない位置に移動していた。

俺も一人になれる場所で体を洗った。

ゴブリアは自分で体を洗っていたが、ルフナは自分で洗えないため、ルフナの体も洗ってやる。

一通り終わったあと、俺はリビアに声をかけた。

「リビア、そろそろ俺は自宅に戻ってもいいかな？」

「はい。色々とありがとうございました、クレスト様。夜間はゴブリンたちで見張りを行っていますのでゆっくりお休みくださいませ」

「ああ、ありがとう」

夜の安全が確保されているだけでも、今までとは大きく違う。

リビアに感謝を伝えてから、俺は村内に作った自宅へと向かった。

ゴブリンの村に、俺も移住させてもらった。

移住に当たり、必要な荷物は運び込んでいる。

ゴブリンの村に新しく造った家には、合計二つのスペースがある。

まずは、俺の部屋だ。玄関入ってすぐになる。その隣に、ゴブリアの部屋がある。

家の外にはルフナの小屋も作ってある。ルフナには、別に家の中で休んでもらってもいいのだが、ルフナは小屋がお気に入りらしい。

これが今の俺のレベルで作れる限界の家だ。

俺はベッドでごろりと横になり、天井を見つめていた。

ゴブリン族、か。

それにワーウルフという種族もいるのか。

下界という場所は、上界で教えてもらったこと以上に俺の知らない情報で溢れていた。

ここで生きていくのなら、うまく亜人たちとやっていく必要があるようだった。

そんなことを考えていた時だった。

玄関の扉がゆっくりと開いた。

かんぬきをかけわすれていたな。

それにしても、この家に一体誰が訪れたのだろうか？

敵ならば、小屋にいたルフナが反応しているはずだ。

ということは、ゴブリンの誰かか？

ベッドから体を起こし、剣を持つ。

月明りを頼りにそちらを見ると、そこには美しい銀髪を揺らすリビアがいた。

リビアは驚いたように両手を上げていた。俺は手に持っていた剣を下ろした。

「リビア？　どうしたんだ」

「あっ、す、すみません。起こしてしまいましたか？」

「いや、まだ寝てなかったんだが。どうしたんだ？」

「何のお礼もできていませんでしたので……何か、お礼をと思いまして」

その薄着でか？

そう思っていると……え⁉

リビアはさらに薄い服を一枚脱いで、少し頬を赤く染めてこちらを見ていた。

俺の中に、彼女のお礼という言葉が浮かんだ。

「お礼は必要ないって言っただろ？　俺にとっては、ここで生活させてもらえるだけで十分なんだ」

「ですが、その」

リビアは俺の方へとやってきて、ぎゅっと手を握ってきた。

恥ずかしそうに顔を赤くしながら、彼女は俺の手を……自分の胸元へと持っていった。

柔らかい感触に、思わず口元が緩みそうになる。控えめだが、確かに柔らかい、人間そのものだった。

「私のような貧相な体では駄目ですか？　体は亜人ですけど、人間とそう変わらないと思いますよ？」

「そ、そういう話じゃなくてな！」

リビアからそっと手を離した。

リビアはこの村の女王だ。彼女は絶対に俺をゴブリン族に引きこみたいのだろう。だから、己の体を使ってでもという行動に出たんだ。

女王として、皆を守りたい。そして、俺がそれなりに力を持っているから、篭絡《ろうらく》したい、と考えているのだろう。

立派な心掛けだな、と思った。

「俺は下界で生きていくつもりだ。そして、ゴブリンたちのことは……嫌いじゃない。だから、そんなに体を張らなくても協力はするよ」

「は、張っていませんよ」

「震えているじゃないか」

俺が指摘すると、リビアはびくり、と肩をあげた。

まったく。

俺は彼女の肩を軽く叩いてから、ベッドで横になった。

「俺は、王にはならないけど、ここでリビアのことを支えるくらいはするつもりだ」

「クレスト様。ありがとうございます」

ぺこりと頭を下げてきたリビア。そんな彼女は、相変わらずの薄着だった。

「リビアは、服とか興味あるのか？」

「え？　そ、そうですね。昔は私たちの中に服を編むことができる者がいたのですが、今はいませんのでそこまで、強い関心はありませんが」

「そうか。とりあえず、これでも着てみるか？」

俺は部屋に置いてある余っていた素材を使い、仕立て術を発動して彼女に服を渡した。

これまで身に着けていたものよりも明るい色の服装だ。意識はしなかったが、リビアに作ろうとしたらそれができ上がっていた。

スキルに俺の意思が反映されたのか、リビアに似合いそうな服だ。

「よ、良いのですか？」

リビアの目が少し輝いた。

「ああ、もちろんだ」

リビアが嫌だと言ったら、他のゴブリンにあげるだけだ。

受け取ったリビアは嬉しそうに微笑むと、その場で上に羽織っていく。

さっきまで下着姿を見ていたとはいえ、リビアの着替えを見ているわけにはいかないと思った俺は彼女から視線を外した。

とはいえ、それでも衣擦れの音は聞こえる。その音が俺を扇情的に煽ってきていた。

見ていない方が、むしろドキドキしてしまうかもしれない。

そんなことを考えていると、衣擦れの音も終わり、リビアの声が響いた。

「クレスト様。着替え終わりました」

「そうか」

俺が顔を上げると、そこには俺の渡した服を身に着けたリビアがいた。

リビアは服の裾を軽くつまんでいた。まるで、生地でも確かめるような動作だ。

「クレスト様。この服、とても素晴らしいですね」

「そうか？」

「はい。ここで着るだけのものとしてはもったいないです。普段から着ても良いでしょうか？」

「それはもうリビアのものだからリビアの自由にしてくれていいよ」

別にリビアの服についてあれこれと強制するつもりはないし。

リビアは嬉しそうに微笑み、それからぎゅっと目を閉じる。

そして、ゆっくりと開いた。彼女の表情は真剣そのものへと変わっている。

「クレスト様。少しお話があります」

「なんだ？」

「明日。ワーウルフの村へと向かい、話をしたいと思っています。それに、同席していただけませんか？」

「話し合いへの参加、か。別に構わないけど、向こうに警戒されないか？」

「もちろんそれはありますが、そのくらいは別に問題ありません。クレスト様を脅威と思えば、対等の関係で話し合いを進められる可能性もありますから」

「そうか。分かった。協力するよ」

俺が頷くと、リビアは嬉しそうに微笑んだ。

その時だった。

「り、リビア様！　クレスト様！」

俺たちの名前をゴブリンが呼びつけてきた。

見ると、彼らは顔を真っ青にしていた。

「に、人間が来ました！　ど、どうしましょうか⁉」

リビアの視線が真っ先にこちらを向いた。

「クレスト様の、知り合いでしょうか？」

「いや、そうだな。知り合いではあるかもしれない」

「どういうことでしょうか？」

「以前、俺を連れ戻そうと上界の人間が何人か来たんだ。もしかしたらまたその関係かもしれない」

「なるほど……どう、しましょうか？」

「俺が直接対応してみようと思う」

……たぶんだけど、俺の関係者だろう。

俺はリビアにそう返事をしてから、ゴブリンに案内を任せた。

○

村から出て少し南へと歩いたところだった。

そこに人間たちがこちらへ向かって歩いてきていた。

先頭には下界の管理者がいた。

その近くには騎士の姿もあった。鎧には花のような家紋がついている。

あれは、リフェールド家のものだ。

リフェールド家――エリスの家だ。

今度は、あの人たちが俺を連れ戻そうとしているのだろうか。

アリブレットと違い、きちんと下界の管理者の誘導に従って行動しているようだ。

話くらいはできるかもしれないな。

騎士の数は五名。下界の管理者も同じく五名。

合計十名だが、こちらにはゴブリアとルフナも控えている。

万が一、戦闘になってもなんとかなるだろう。

そんな気持ちとともに俺は彼らの前へと出た。

「クレスト様⁉」

驚いたように騎士が声をあげる。

俺の顔を知っている人もいたようで、すっと頭を下げてきた。

「ああ、そうだ。……何をしにきたんだ？」

「王があなたに戻ってきてほしいと話しています。あなたのスキルが」

「俺はもう追放された身なんだ。放っておいてくれ」

「勝手だとは存じています。ですが、それなりの立場も用意すると話しています。報酬なども
――」

「関係ない。俺はもうこの下界で生きていくんだ。邪魔をしないでくれるか？」

俺が強くそう言い切った。

上界に戻ってまたエリスに縛られる生活なんて、ごめんだ。

俺はしばらく騎士と視線をかわしていたが、騎士はやがて息を吐いた。

それから頭を下げた。

「分かりました。そのように、我が主には伝えます」

「ああ。もう、ここに人を派遣させないでくれ。ハバースト家にも、そう伝えておいてくれ」

「分かりました」

やはり、物分かりが良い。騎士は下界の管理者たちに命じて、そのまま背中を向けて歩き出した。

彼らが戻って行ったのを確認したところで俺が村へと歩き出すと、ひょこりとリビアが姿を見せた。

ルフナの体を抱きかかえ、そのモフモフさを堪能している様子だ。

「良かったのですか?」

「もうそう決めたんだ。上界で、貴族とかそういう面倒事に関わりたくないんだ」

それは紛れもない本心だった。

俺の言葉に、リビアは黙って頷いた。

「ワーウルフキングの話だったな。明日、行ってみようか」

「はい。お願いします」

リビアがぺこりと頭を下げ、微笑んできた。

第2話 「ワーウルフとの遭遇」

昨日は結局色々とあったが、俺は後悔などしていない。

もう上界には戻りたくない。リフェールド家――特にエリスと再会したいとは思っていなかった。

リビアと約束していた通り、ワーウルフキングと出会うための準備を行い、村を出た。

リビアと二人ではなく、護衛にゴブリンも引き連れている。

ゴブリンたちがどれほど力になってくれるかは分からないが、ある程度人数がいた方が向こうにも圧力をかけられるだろう。

さらに、俺の近くにはリビア、ルフナ、ゴブリアたちがいる。これだけいれば、ワーウルフたちも気軽には手を出してはこないだろう。

リビアの案内のもと、俺たちがしばらく進んでいくとやがて、ワーウルフたちの村が見えてきた。

屈強そうな門番が鼻を引くつかせると、こちらを見た。

狼人間という見た目の男が立っている。片手には剣までも握られていた。

ワーウルフはこちらに気づくと、警戒するように剣を掴んだ。彼の視線は特に俺へと向けられていた。

「リビアか。何用だ？」

「同盟の話をしにきました」

「そうか。そちらの人間は」

ワーウルフが俺を睨むように見てきた。

「俺はクレストだ。ゴブリンたちの味方をしている人間だ」

そう伝えると、リビアの仲間だと理解したようだ。

「そうか。少し待っていろ。ワーウルフキング様に報告してくる」

「ありがとうございます」

リビアがすっと頭を下げる。

少し離れたところに移動し、そこで待機する。

「ワーウルフキングってのが、このワーウルフたちのリーダーってところか？」

「はい、首領ですね。私たち、亜人の長は、皆首領と名乗るんです」

「なるほどな。つまり、リビアも女王ではなく首領と呼ぶのが正しいのか？」

「そうですね。皆は、女王と呼んでいますが」

そんな話をして、待つこと数分。

門番がこちらへとやってきた。

「ワーウルフキング様がお呼びだ。ついてこい」

門番が顎をくいっと上げる。

　俺たちは顔を見合わせた後、村の中へと入っていく。村は、ゴブリンたちの物よりもいくらか整っていた。

　雨風程度はしのげそうな家々を俺が眺めていると、
　ワーウルフたちは皆大人のように体が大きく、それだけでゴブリンよりも強そうに見えた。

　ワーウルフの俺たちを見る目は、完全に馬鹿にしたような視線だった。

　ゴブリンたちは気にくわなそうな視線を向けていたが、

「ここが、ワーウルフキング様の家になる」

　門番がそういって足を止める。案内はここまでのようだ。

　家、か。

　言われた家を見上げる。ゴブリンたちよりも建築技術はあるのは明らかで、ワーウルフキングの家は他よりも一回り大きかった。といっても、俺が造った家と比べると非常に心もとない造りだ。

　それでも、亜人なのにこれだけの技術を持っていることを褒めるべきなのだろうか？

「この家々を見ていただいても分かりますが、私たちもワーウルフたちも拠点造りにおいての技術は持っていません。ですから、十分交渉の余地はあると思います」

「そうだな。ただ、リビアの家はそれなりにしっかりしていたよな？」

「そうですね。昔にいた一体のゴブリンが造ってくれたそうです。もしかしたら、そういった知識や技能を持っていたのかもしれませんね」

そんな話をしながら、家へと踏み込んでいく。

入ってすぐ、空気が変わったのが分かった。雑談をする余裕もないほどに、空気が張り詰めている。

大きな椅子に座る一人のワーウルフへと俺の視線は惹きつけられた。

まるで玉座に座る王のようだった。事実、ワーウルフキングなのだからそうなのかもしれない。

ただ、ワーウルフキングは他よりも人間らしい見た目をしていた。他のワーウルフたちと比較して、彼の体はすらりとした体つきをしていた。

長身ではあったが、無駄な筋肉はついていないようだった。だが、やせ細っているというわけではなく、しっかり必要最低限の筋肉があるようだった。

彼の脇では、ワーウルフたちが護衛のように立っていた。そちらはやはり、筋骨隆々の体つきだ。

「良く来たな、リビア」

「お久しぶりです、オルフェ様」

リビアはすっと頭を下げる。オルフェ、と呼ばれた男はじっとリビアを見下ろしていた。

表情に一切の変化は見られない。

「それで、同盟の件はどうなった？」

「ゴブリン族があなた方の下につくという話ですが、拒否させていただきます」

「ほぉ……リビア。確かにおまえがゴブリンの中でも類まれな力を持っていることは知っている。

だが、オレたちワーウルフたちと張り合えるのは、おまえ一人のはずだ。このまま、戦争を起こしたいというのか？」

リビアはそこで首を振る。

このまま彼女に任せているだけでは話は前に進まなそうだ。

俺がオルフェとの間に割って入ると、オルフェがぴくりと眉尻を上げた。

「なんだ、貴様は？」

「俺はクレストだ。戦争を起こすつもりはない。俺たちは、あくまで対等な同盟を結びにきたんだ」

対等、という言葉にオルフェの眉尻が上がった。

「対等だと？　笑わせるな。おまえたちゴブリン族がワーウルフ族と対等な関係になどなりえるはずがないだろう！」

オルフェの強い口調に合わせるようにして、ワーウルフたちが動き出した。

俺たちを囲むようにいるワーウルフの数は、二体だ。

威圧するように視線は鋭く、絶え間なくこちらを睨み続けていた。

ゴブリンたちはその威圧に一瞬表情を引きつらせていたが、それでも果敢に睨み返していた。

オルフェが視線を向ける。このまま、ここで戦闘でも始まるのではないかという空気だった。

次の瞬間だった。オルフェの護衛をしていたワーウルフが、こちらへと駆けだしてきた。

動きは見えていた。しかし、殺意は感じられない。

さらにいえば、俺とワーウルフの間にルフナが割って入り、低く唸る。

鋭く尖った牙を見せると、ワーウルフは驚いたようにルフナを見ていた。

俺はワーウルフを一度睨んでから、オルフェへと視線を向けた。

「そのウルフは――」

オルフェは驚いたようにルフナを見ていた。そして、ゴブリアと、俺へと視線を向けてくる。

どうやら、彼も魔名を与えた魔物を理解できるようだった。

「ここで、戦争でも始めるのか？」

俺が問いかけると、オルフェはじっと俺に視線を集中させてきた。

これまでリビアしか見ていなかった彼が、はっきりと俺を認識する。

「一つ、問いたい」

「なんだ？」

「貴様は、魔名を与えられるのか？」

「みたいだな」

「他に、魔名を与えた魔物はいるのか？」

「いや、ここにいる二体だけだ」

オルフェにそういうと、ワーウルフたちは驚いたような顔となる。

オルフェはじっとこちらを見てから玉座から立ち上がる。

俺よりも一回りは大きい。それに、人間の俺から見ても、かっこいいと思える容貌だった。

「クレスト、貴様をゴブリン族の代表と見込み、決闘を申し込む。オレたちが勝てば、貴様たちには下についてもらう。そして、オレたちに魔名を与えろ、いいな？」

魔名を手に入れれば、力が手に入る。

オルフェはリビアと同盟を結びたいとも話していた。

オルフェはまるで、この戦いが最後ではないとばかりの様子だ。

彼はもしかしたら、ゴブリン族たちとの戦いよりもさらに先を見ているのだろうか？　まだ、他にも敵対する亜人がいるのだろうか？

「分かった。もしも、こちらが勝った場合はどうする？」

「おまえたちの自由にしてくれていい。オレたちを下につけても良い。ただし、命を奪うというのであれば、オレの首だけで我慢してほしい」

オルフェがそういうと、ワーウルフたちが驚いたように視線を向ける。

決闘、か。

全面衝突は避けられたな。

俺が代表者として決闘を申し込まれるのは意外だったが、これならばゴブリン族たちも決してないがしろにはされないだろう。

俺がリビアをちらと見ると、彼女はこくりと頷いた。

「クレスト様が良いのであれば、あなたを代表者として決闘を受けていただいて構いません」

リビアの言葉を聞き、ゴブリンたちを見ると俺を信じ切ったような目で見てきた。

「分かった。その条件で引き受けよう」

「準備はできているのか？」

「ああ、ここに来た時からな」

「そうか。それなら、外に出ろ。これより、決闘を行う‼」

オルフェの宣言によって、ワーウルフたちが慌てた様子で外へと飛び出した。

○

外に出たところで、剣を確認しているとリビアがやってきた。

「無理をなさらないでくださいね」

「分かってるよ。けど、このまま一方的に搾取されるのはごめんだ」

理不尽な扱いには抗う。

俺は下界に落とされてからはそう考えるようになっていた。

オルフェたちが何を目的としているのかは不明だ。

けれど、オルフェの発言から窺えるように彼は俺たちを支配したい様子だった。

それならば、俺は断固として反対する。もう、不自由な生活は嫌だからだ。

「ありがとうございます、クレスト様」

リビアは輝いた目を向けてくる。その過剰なほどの信頼には少し困ってしまう部分もあったが、悪い気はしなかった。

俺はリビアに背中を向け、決闘の場として用意された会場へと向かう。

会場といっても、開けただけの空間だ。元々はワーウルフたちが稽古場として使っていたのだろうか。足場は随分と整っていた。

向かいには、オルフェの姿もある。彼は軽く屈伸をしてから、剣を抜いた。

「準備はできているな、クレスト」

「ああ、いつでもいいぞ」

オルフェがちらと視線を右に向けた。

そちらには、この場の審判を務めるワーウルフがいた。その隣に、リビアもいた。

ワーウルフ一人に審判をやらせたら、不正されるかもしれないからな。

その牽制、といったところだろう。

「それでは両者――始め！」

ワーウルフがそう叫んだ瞬間。オルフェの体が沈む。

そして、次の瞬間に、ぐんっと加速した。

速い。まるで爆発でもしたかのような圧倒的な加速だ。それは恐らく、ワーウルフ族が持つ脚力だからこそできる技なのだろう。

俺の眼前に現れたオルフェが、その引き締まった筋肉をふるわせるように剣を振り下ろしてきた。

その一撃を、俺は寸前でかわした。ぎりぎりまで引きつけ、迎え打つかのように見せかけての回避に、オルフェは完全に引っかかっていた。

動きが良く見える。オルフェのステータスは恐らくは俺よりも低いのだろう。

だから、オルフェの動きはすべて見切れた。

「そ、そんな――！　オルフェ様の攻撃が当たらないなんて！」

「オルフェ様よりも素早いなんて！　こんなの、あいつ以来じゃないか‼」

オルフェの攻撃が当たらないのがよっぽど予想外だったようだ。

周囲のワーウルフたちが絶望的な声を上げる中、ゴブリンたちは勢いづいていた。

「クレスト！　頑張れー！　何とか見切れているぞ！」

「やるんだ、やるんだ！　そこでパンチだ！　おい、クレスト！　頑張れ！」

「クレスト様、頑張ってください！」

ゴブリンたちの声援を力に変えながら、俺はオルフェの攻撃をかわす。

「うぉぉ‼」

オルフェが雄たけびをあげながら、剣を振り抜いてきた。

振り返りざまの素早い一撃……予想外の動きだったが、俺はそれをかわし、彼の側面へと回る。

そして、剣を振りぬいた。

オルフェの剣に打ち当て、彼は短い悲鳴とともに剣を手放す。

宙を舞う剣。それを追うようにオルフェが腕を伸ばす。

その喉元へと、俺は剣を突き付けた。

オルフェの動きが止まるのに合わせ、彼の剣が地面に突き刺さった。

辺りが静寂に包まれる。俺がオルフェに剣を近づけると、彼の敵意むき出しだった表情はふっと和らいで、

「降参だ」

オルフェが短い声を発した瞬間、周囲にいたワーウルフたちがざわついた。

そして、オルフェは俺をじっと見てから、その場で正座した。

「殺せ。生き恥をさらすつもりなどない。その代わり、こいつらの面倒を見てくれ」

「……」

え、ええ。

オルフェは覚悟を決めたような目でこちらを見てくる。

しかし、オルフェの様子を見てか、ワーウルフたちが声を荒らげた。

「き、キング！　こ、ここでこいつらを殺しましょう！」

ワーウルフの突然の声に、リビアが警戒するように剣へと手を伸ばす。

ルフナ、ゴブリア、そしてゴブリンたちも武器を構えた。

それを、オルフェが叫んで止めた。

「何を言っている！　オレは決闘に負けたんだ！　このケジメはオレ一人でつける！」

「追放されたあなたについてきたのは、あなたこそ正当な後継者だと思ったからだ！　オレたち

の王はあなたただ一人だ！」

ワーウルフたちが次々に叫ぶ中、オルフェが立ち上がり声を張り上げた。

「黙れ‼ おまえたち！ オレの決闘にケチをつけるつもりか！」

オルフェが怒鳴りつけると、ワーウルフたちは静まり返った。

オルフェにとって、決闘というのはかなり神聖なものなのかもしれない。

ワーウルフたちはオルフェの覚悟に胸をうたれたようだ。

涙を流しながらも、皆がオルフェを受け入れていた。

オルフェは再び正座し、こちらを見てきた。

「すまなかったクレスト。最後におまえのような強者と戦えたこと、誇りに思う」

「……」

オルフェがじっとこちらを見てきたので、俺は剣を振り上げる。

そして――その剣を鞘《さや》へとしまった。

「クレスト、何のつもりだ」

それはこっちの台詞だ。

「勝者は俺だ。なら、おまえの生死に関しても俺に決めさせてもらうぞ」

「……」

「オルフェ、おまえに与える命令はただ一つだ。生きて俺たちと同盟を結んでもらう、ただそれだけだ」

俺が言うと、オルフェは驚いたようにこちらを見てきた。それから、首を横に振った。

「クレスト。人間にとって決闘というのはくだらないものなのかもしれない。だが、ワーウルフにとっては、とても大事なことなんだ」

「ならばおまえは、自分の大切な部下を見捨て、先に死ぬというのか？　仲間を思って決闘を選んだおまえが、まさか仲間を捨てるというのか？」

「それは――」

オルフェが俺の言葉を否定しようとしたので、それに先んじて言葉を放った。

「ふざけるな！　俺は人間だ！　おまえたちの決闘に対しての誇りは理解した！　だが、人間は知恵を持つ生き物だ！　無駄に命を失うな！　そして、この場での勝者は俺だ！　なら俺に従え！　俺の望みは、ワーウルフとゴブリンの同盟だ！　無駄に誰かの命を奪うつもりなどない‼　これに文句がある奴は出て来い！　ここで俺が相手をしてやる！」

誰も納得をしていないというのなら。俺は威圧するように叫び、周囲を見る。

そもそも、彼のように慕われている者を殺す意味がまるでない。

見せしめ？　だとすれば、ここにいるワーウルフたちは俺に憎しみを持ってぶつかってくるはずだ。

そんな面倒で危険なことなどしたくはない。

俺の宣言を聞いて、ゴブリンだけではなく、ワーウルフまでも注目していた。

その時だった。

オルフェが俺の前にやってきて、膝をついた。

「クレスト。いや、我が首領よ」

「はい？」

オルフェだけではなかった。他のワーウルフたちまでも、俺を見て膝をついてきた。

視線を向けると、彼は尊敬したような目でこちらを見ている。

「クレスト。オレはおまえの考えに強く、賛同した。おまえが、オレの命を奪わない――オレを生かすというのなら、オレはおまえの剣となろう」

オルフェがそういった次の瞬間だった。

それまで、オルフェに従っていたワーウルフたちも、一斉に彼の背後につき、膝をついた。

「クレスト様。あなたの言葉に、感銘を受けました！　オルフェ様とともに、あなたにも忠誠を誓います‼」

「我らの新しい首領よ！」

「首領の誕生だ‼」

ワーウルフたちが勝手に盛り上がる。

ちょ、ちょっと待て待て！

「俺は別に首領になるつもりじゃ――」

俺が口を開きかけた時だった。

すっと、リビアが膝をついた。

「ワーウルフ族に並び、我がゴブリン族もあなたに忠誠を誓います、我らの首領」

お、おい！

この状況をさらにややこしくするようなことをするんじゃない！

ふっと、笑みを浮かべたゴブリンたちもまた、リビアの後ろに回り膝をつく。

他のゴブリンたちも同じだった。

「我らが新しい首領クレスト様！」

「首領！　首領！　首領！」

ワーウルフ、ゴブリンたちがそろって声を張り上げる。

俺は自分の頬がひきつるのを理解しながら、小さく息を吐く。

「俺は！」

声を張り上げる。

そうすることで、みんなの注目を集めるとともに、黙らせることができた。

「俺は……これからもこの下界で暮らしていくつもりだ。首領になるつもりはなかったけど……それでも、ゴブリンとワーウルフが同盟を結び、安定するのなら分かったよ。そのくらいはやってやるよ」

妥協点だ。

有事の際にリビアとオルフェ、どちらのリーダーに従うのか悩ませるのも問題だ。

いずれ、ふさわしい方に首領の立場を譲ってやり、俺は隅の方でスローライフを満喫させてもらおう。

「「「おおお！　クレスト首領！」」」

な、なんだか俺の想像以上に盛り上がっていた。

○

オルフェの家へと戻り、俺たちは椅子に座った。オルフェの護衛をしていたワーウルフたちも一緒に来ていた。

これからどうするのか。その打ち合わせを始める。

「まず拠点だがどうすればいい？　今のように分かれていた方が良いか？」

オルフェの提案について、考える。

そうだな。どっちにするのが良いのだろうか？

「拠点を分けるメリットはもちろんある。例えば、どちらかの拠点が襲われた時、もう片方の拠点に避難できる」

「なるほど、確かにそうだな。一つに集まった方が良いかと思っていたが、それでは別れた方が良いのか？」

ただ、デメリットも考える必要がある。

「待て、デメリットについても考えてから答えを出そう。デメリットとしては、やっぱり戦力が分散されてしまっていることだな。本来、お互いの部族がいれば勝てる相手に対しても、逃げなければならないかもしれない」

「なるほどな。それらを考慮した上で、戦力を分けるかどうか、か。……オレはそういう小難しいことを考えるのは苦手だな。どうするんだ？」

オルフェはわりと脳みそが筋肉でできているようだ。ちらとリビアを見る。

「私もよく分かりません。どうしましょうか」

結局、結論を出すのは俺か。

拠点を二つに分けるメリットは現状あまり感じられないな。

どちらにしろ人数が少ない。もっとたくさん戦力があるのなら、分けてもいいが――。

「今は一つに固まっていた方が良い。ゴブリンの村は、それなりに建物も準備できている。俺たちの村に来てくれるか？」

俺の言葉にオルフェはすっと頭を下げた。

「もちろんだ、クレスト」

「ありがとう。不自由な生活はさせないようにするからな」

「そう言ってくれると助かる。皆も安心させられる」

それから、俺はワーウルフたちが話していた気になることについて、訊ねた。

「オルフェ、答えにくいことを聞いてもいいか？」

「なんだ？」

彼が首を傾げた。

「おまえはまだ目的があるんだろ？　まだ、他の部族と戦うつもりか？」

「いや、少し違うな。すまない、長い話になってもいいか？」

「構わない。おまえやワーウルフたちのことをもう少し教えてくれ」

「分かった」

オルフェは小さく息を吐き、それから遠くを見るようにして語りだした。

「オレには双子の兄がいてな。ワーウルフの村で暮らしていた。首領の息子である兄とオレ、どちらが村を継ぐことになるのか。それは父によって決められることになっていた」

「なっていた？」

「ああ。父は跡継ぎを宣言する前に、死んだ――いや、殺された」

オルフェの目が鋭くなる。獰猛《どうもう》な獣のような殺意を吐き出し、それから拳を握りしめた。

話の流れでだいたい理解した。

「殺したのは、おまえの兄か？」

「ああっ、そうだ。父はオレに跡を継がせると、石板に書き残したんだ。だが、それを見た兄が……父を殺した。村を継ぐためにだ」

「決闘は、しなかったのか？」

「できる状況じゃなかった。父殺しの汚名を着せられ、処刑寸前だったんだ。だが――今ここにいる仲間たちによって救出され、何とかここまで来たんだ」

オルフェは悔しそうに唇を噛んでいたが、首を振った。

「すまないな。これは先に話しておくべきだったかもしれないな。オレたちを抱え込めば、おまえたちもワーウルフたちに狙われることになるかもしれない…それでも――」

「俺たちは同盟を結んだ。気にするな」

俺がそういうと、オルフェはぎゅっと唇を噛んだ。

彼はかなり亜人の心をつかむのがうまいようだからな。

この問題を解決した辺りで、オルフェかリビアに首領の立場を譲れば良いだろう。

俺たちの会話を聞いていたワーウルフたちも、涙を流している。

オルフェへの信頼が厚いことが、これだけでも良く分かるな。

俺は立ち上がり、周囲を見た。

「みんな、まずは俺たちの村に移動してもらう。必要最低限の物資を準備したら村に移動してもらう。いいな？」

「おおおお！」

ワーウルフたちが声を張り上げる。

彼らが外に出ていくのを見てから、俺も息を吐いた。

「さすがだな、クレスト。誇り高いワーウルフたちをこうも従えるとは……やはりおまえには首領の器があるな」

「いやいや、オルフェがいるからだ」

そこを勘違いされてもらっては困る。

俺は小さく息を吐いてから、立ち上がる。

「それじゃあ、必要な荷物を持ってついてきてくれ」

「分かった。すぐに皆に準備をさせよう」

オルフェに頷いてから、俺たちは建物の外へと出た。

○

ワーウルフたちを引き連れ、俺たちはゴブリンの村へと移動する。

さすがに、これだけの移動だ。

襲い掛かってきた魔物もいるにはいたが、そのほとんどが集団に囲まれ一分と持たず倒されていた。

そんなこんなで、村へと戻ってきた。

村の入り口にいたゴブリンたちが警戒した様子でこちらを見てきた。

「ク、クレスト様。これは一体どういうことでしょうか？」

「同盟を結んだ。ワーウルフたちにはこの村で一緒に暮らしてもらうことになった」

「な、なんだ……ワーウルフたちが戦争を仕掛けにきたのかと思いましたよ」

見張りをしていたゴブリンがほっとしたような息を吐いていた。

それから、全員を村の敷地内に入れた。

地図化術を発動し、俺は現在のゴブリンの村の様子を確認する。

だいたい、この辺りかね？

おおよそ、ゴブリン地区、ワーウルフ地区と定めた俺は、それからワーウルフたちをそちらへと連れていく。

「ワーウルフたちには、この辺りで暮らしてもらおうと思っている」

「そうか、分かった。それなら、これからオレたちは自分たちで家を作っていけばいいのか？」

オルフェがそういってきた。

ああ、そうか。俺の能力を伝えていなかったな。

「大丈夫だ、それは俺が用意していく」

俺が言うとオルフェやワーウルフたちは驚いたように顔を見合わせる。

「いやいや、一人だと厳しいだろ？　それに、そんな雑用みたいなこと、オレたちが自分でやるさ」

「そうだな。少し見てもらえれば分かるさ」

「見てもらえば？　どういうことだ？」

俺はちらとゴブリンたちに視線をやる。

ゴブリンたちが頷いたあと、俺の方に木材を運んできた。

「このためにも、たくさんの木材を用意してもらっていたからな」

「木材の用意？　確かにこれがあれば家を造れるが――」

オルフェが首を傾げながらそう言ったところで、俺はスキルを発動する。

建築術だ。

まずは、ワーウルフたちの王である、オルフェの家を建築する。

リビア、俺、オルフェ。このような並びになるような位置に、オルフェの家を建築した。

俺と同じような家だ。

今の俺が造れる限界の家がこれだ。

「こんな感じだな」

俺が額を拭いながらそういうと、パクパク、とオルフェは口を開閉させていた。

それは彼だけではなく、ワーウルフたちも同様だった。

「こ、ここここれはなんだ⁉　い、家が一瞬でできた⁉」

「これが俺のスキルだ。ここに来るまでに、ゴブリンの家を見てきただろ？」

俺が言うと、代表するようにオルフェが口を開く。

「あ、ああ。ど、どれも以前見たゴブリンの家とは比べ物にならないほどの造り、だったな」

「それは俺のスキルで作り上げた物なんだ。これのおかげで、素材さえあれば家はいくらでも作れるようになった」

「な、なるほどな。そいつは素晴らしい。さすが、クレスト……我らの首領だな」

オルフェが腕を組んだ。

「つまり、だ。オレたちが木材を持ってくれれば、全員の家を用意してくれるのか？」

「木材があればいくらでも作るさ。木材、それと少し南に下ってファングシープから毛皮も回収してくれれば、質のよいベッドも造れる。用意してもらいたいのはその辺りだな」

「魔力とかはかからないのか？」

「魔力も使うが、このくらいなら問題ないな」

俺がそう答えると、彼は驚いた様子でこちらを見てきた。それからこくりと頷いた。

「了解だっ！　おまえたち！　さっきの話を聞いていただろ！　今日野宿をしたくなかったら、すぐに木材を集めるんだ！」

オルフェが振り返り声を張り上げると、ワーウルフたちは拳を突き上げた。

「オレもあんな綺麗な家で過ごしてぇぞ！」

「そうだな！　クレスト様に作ってもらうぞ！」

ワーウルフたちが散り散りになって村を出ていく。

リビアもゴブリンたちを見た。

「ゴブリンたちも、ワーウルフたちのお手伝いをしてあげてください。また、彼らが戻ってきた時のために、食事の準備もしてください」

「分かりました！」

リビアの指示を受け、ゴブリンたちも動き出す。

やはり、リビアとオルフェは上に立つ亜人としてふさわしいな。

　リビアにゴブリン族の管理を、オルフェにワーウルフ族の管理を任せるというやり方は正しいな。

　これからも、彼らを通して指示は出すとして、俺は残っている木材を使って、家を建てていくことにした。

　俺が家を用意していき、それにつきそうようにしてオルフェとリビアが並ぶ。

「オレはともかく、ワーウルフたちは体つきが良いからな。少し大きめに造ってくれると助かる」

「分かった。そういえば、オルフェとワーウルフって種族的には別物になるのか？」

「そうだな。ワーウルフの中から数パーセントが、ワーウルフキングとして生まれるんだ。そっちのゴブリンのように、クイーンの個体もいるそうだが……オレは見たことがないな」

「リビアもそんな感じなんだな」

　リビアがこくりと頷いた。

「はい、そうですね。魔物の突然変異種というのは、様々な状況で生まれる者です。私たちも、すべて把握しきれているわけではありません」

「なるほどな」

　上界でも魔物については研究されていたが、大した情報はなかった。

　亜人たちでも分からない情報、か。

　俺はそんなことを考えながら、ワーウルフたちの家を用意していく。

「……少し、いいか？」

俺が家を用意していると、オルフェとリビアが近づいてきた。

「どうしたんだ？」

「オルフェ様と話をして、お願いしたいことがありまして」

「なんだ？」

「今後、さらに戦う機会が増えるのであれば私たちももっと強くなった方が良いと思います。そのためにも、魔名を与えてもらうことはできますか？」

「魔名、か」

オルフェをちらと見ると、彼も頼むように頭を下げてきた。

「大変なお願いだというのは理解していますが――」

「いや、別に構わないが……魔物相手にしかしたことないからできるかは分からないけど」

そんなことを考えていると、リビアが驚いたような声をあげる。

「え!? そ、そんなあっさりと許可していただけるものですか？ 魔名をつけるのって大変なのではないですか？」

「いや、そんなことはないが。なんなら今すぐつけられるが」

リビアがちらとオルフェを見ると、彼も目をぱちくりとしていた。

そんなに驚かれることなのだろうか？

「オレが聞いた話では、大変だと聞いていたんだが」

「俺の場合はそんなことはないな。二人の魔名は、オルフェ、リビアでいいのか？」

「ああ、それで構わないが。魔名をつけるのは今夜にしてくれないか？　同盟を結んだ証として、皆の前で見せたい」

「了解だ」

その方が確かに分かりやすいか。

閑話 「ミヌ 1」

王からの呼び出しを受けたため、城内を歩いていた。

私の隣には、父ゴルアードもいる。

私たちが目指して歩いているのは、謁見の間だ。そこで、王とある話をすることになっていた。

それは、クレスト捜索についてだ。

具体的にどのような話し合いが行われるかは分からないが、ハバースト家、リフェールド家も呼ばれていることから、それなりに具体的な話が行われるのは確かなはずだ。

私としても、できる限り早く、方針を教えてほしい。

前回の話し合いでは、私やエリスに捜索をお願いする流れになっていたけど、上界にたくさんの魔物が出現するようになった。

それらの対応が忙しく、また王がすっかり魔物に委縮してしまったこともあり、私もエリスも下界へ行くことはできずにいた。

現状行えるのは、騎士たちを派遣することくらいだった。

謁見の間に到着すると、すでにハバースト家とリフェールド家は待機していた。

どちらも当主のみの参加。エリスはそういえば、近くの街に派遣されていたんだった。

アレと会うと喧嘩は避けられないため、いなくて良かったと思う。

私たちが両家の隣に並び、玉座へと座る王へと頭を下げた。

「顔をあげよ」

威圧的な声に反応して顔を上げると、王はどこかやつれた顔をしていた。

魔物の被害への対応などで、王はすっかり疲れてしまったようだ。

私がこの王都に残っているのも、王が魔物に怯え、私かエリスのどちらかを常に王都に残すよう命令を出したからだった。

王と目が合うと、少しだけ彼は安堵したように見えた。

「クレスト捜索についての状況について確認したい」

彼の視線は真っ先にハバースト家に向かった。

ハバースト家が送り出して失敗したことはすでに伝わっているとは思うが、改めて直接聞きたいのだろう。

もしかしたら、あれから何か新しい情報を手に入れた可能性もあるかもしれないしね。

「お、王。以前報告した通り、我が家から、アリブレットが捜索に向かいました。た、ただ現在はその行方不明でして……じょ、状況は変化ありません」

「そうか。新しく捜索部隊の派遣などはないのか？」

「りょ、領内に魔物が多く現れてしまい、そちらへの対応をする余裕がないのです……！」

王はハバースト家の当主であるベイグに対して冷たい視線を向けている。

もはや、ハバースト家には一切の興味を持っていないようだ。

「そ、その……え、ええと」

少しでも興味を持ってもらおうかと、ベイグは言葉にならない詰まったような声を何度か出したのだが、諦めたように口を閉ざした。

かなりの心労があるようで、随分と不健康に見えた。

「リフェールド家の状況はどうなっている？」

王の視線がリフェールド家当主のノルゴアークへと向けられた。

こちらはとても落ち着いた様子だ。王から期待の眼差しを向けられて、ここまで堂々とできるのはさすがだと思う。

「はっ。我が家からも騎士を派遣しました。実際、クレストと接触することに成功しました」

彼の言葉に、王の表情が緩んだ。私もその情報自体は聞いていたので、驚くことはない。

一歩前進ではあったが、あくまでそこまでだ。

ノルゴアークの発言に、表情を険しくしている人間もいる。

それは、私の父だ。

まだミシシリアン家は捜索の準備さえできていない。

ハバースト家と同じく、運悪く領内で魔物が多く発生し、そちらに戦力を割くことが多かったからだ。

本当に毎日のように進化した魔物や強力な魔物がどこからか現れているため、それらの対応に忙しい。

私だって、本当ならばこの会議になど参加せず魔物の討伐に時間を割くべきなんだけど、まあ王からの命令なので仕方ない。

神の寵愛《ちょうあい》を受けた私やエリスに、王都から離れてほしくはないそうだ。

地方の街よりもこの王都を。いや、正確に言うのなら国民などよりも自分の命が大事なんだろう。

この王都はまだ危険な状況に陥っていないにもかかわらず、騎士の量は凄まじい。

これらをもう少し、地方の街に割ければ死者も減るとは思うんだけどね。

貴族の役目って何だろうか。

普段は国民から税を巻き上げているというのに、その見返りに窮地に陥ればその国民を守るのが義務とされていたはずだ。

しかし、いざ緊急事態になれば有り余っていた金で自らを守るんだ。

だから、私は貴族なんてものが嫌いだった。

この立場に拘るつもりはない。ただ、もしもクレストが貴族に戻るのならば、捨てるわけにもいかなかった。

私がそんなことを考えていると、気づけば話し合いも進んでいた。

ノルゴアークが、王を見て声を張り上げた。

「王。確実に連れ戻すというのであれば、我が娘エリスを派遣するべきです」

ノルゴアークの提案にぴくりと父が反応した。その視線は険しい。

父にとって、あまり面白い状況ではないだろう。

私にとってもだ。万が一、エリスの交渉でクレストが戻ってくると話せば、そのままた彼女と婚約者の関係になってしまう可能性もありうる。

「だ、駄目だそれは。彼女の結界魔法がなければ、この王都を守ることはできないだろう」

しかし、王は首を振る。

王の発言も最もだ。エリスの結界魔法と回復魔法は、かなりのものだ。

彼女がいなくなれば、死者や怪我人はさらに増えるだろう。怪我人が増えれば、そこからさらに病気なども増えていき、目もあてられないことになるはずだ。

「それならば、ミヌがいます。彼女の殲滅力ならば——」

しかし、ノルゴアークはどうにかしてエリスとクレストを会わせたいようだ。

私をダシにするのはいいけど、私は防衛力においての力はない。

だから、反論しようとしたのだけどそれより先に父が口を開いた。

「お言葉ですが、リフェールド公。我が娘の力は確かに強大ですが、防衛においてはあなたの娘の方が優れていると思いますが。王、どうでしょうか？　クレストの捜索に関してはミヌを派遣してみてはいかがでしょうか？　彼女の戦闘能力ならば、下界の魔物相手に後れをとることもなく、動くことが可能です。それに、ミヌほどの実力ならば護衛などをつける必要もありません。単独での行動が可能です」

よく言った。

私は父があまり好きではなかったが、今の発言に関しては大賛成だった。

「しかし……だな」

王の表情は険しい。王は私かエリスのどちらも上界から外したくはないようなのだ。

クレストがいなくなった瞬間は、もっと自信に溢れていたが、毎日のようにどこかしらで魔物の被害が上がっていれば保守的になってしまうのも仕方ない。

「もう少し、状況を見てから派遣については考えよう。い、いつ凶悪な魔物が出現するか分からないんだ。二人のどちらかがいなかったら、この国が……私の命が危険にさらされるかもしれない。そんなのは嫌だ！」

王がそう宣言をし、その場での話し合いは終了した。

クレスト捜索に関して、しばらくは難航しそう。

「かしこまりました」

私たちは王の発言に頷くしかない。

立場とか放棄して、下界に行きたい気持ちもあったけど、さすがにそんなことをすれば戻ってきた時が大変だし、今は黙って従うしかなさそうなんだよね。

はぁ、いつになったら再会できるのかな。

第3話 「スライムたちの村」

夜になったところで、すべての家とベッド程度の家具をそろえることができた。

「まさか……こんな一瞬で生活が改善するとは思わなかったな」

「オレたち、戦うことしかできねぇからな！　クレスト様がいてくれたおかげで隙間風に震えることのない家ができるとは思わなかったぜ！」

村中央に集まったワーウルフたちが嬉しそうな声で話していた。

みんな満足してくれているようで良かったな。

俺は村中央に置かれた巨大なたき火を見ながらそんなことを考えていると、オルフェとリビアがやってきた。

これで、主役は全員揃ったな。

「これより、ワーウルフ種と」

「ゴブリン種による同盟の宴を開こうと思います」

オルフェとリビアが大きく宣言すると、皆が一斉に盛り上がった。

やはり、亜人たちの首領はオルフェかリビアに任せた方が良いだろう。

「それでは、挨拶はクレスト。お願いしたい」

オルフェがそういうと、ワーウルフ、ゴブリンはひときわ盛り上がった。

皆の視線が集まり、俺は一歩前に出た。

「まず、ここに集まってもらった理由をみんなは理解しているはずだ」

オルフェとリビアから、魔名に関しての話は伝わっているだろう。

期待するような目がいくつも向けられる。

俺の宣言に合わせ、リビアとオルフェが俺の前へとやってきた。

「二人とも、良いな？」

「ああ、もちろんだ」

「はい、お願いします」

まずは、オルフェからだ。

「これより、おまえに魔名オルフェを与える」

オルフェのまっすぐな目に、こくりと頷く。

俺がそう宣言し、スキルを発動するとオルフェが俺の支配下となったのが分かった。

オルフェは自分自身の体へと視線を向け、それから深く頭を下げてきた。

「感謝する、クレスト！　オレはおまえの剣となり、おまえの敵を退けよう！」

「おお‼」とワーウルフたちが一斉に盛り上がる。

あまり、俺をたてるような発言はしないでもらいたいのだが。

そう思いながら、リビアを見る。

「リビア。魔名はリビアでいいか？」

「はい。お願いします」

リビアがすっと頭を下げる。俺は彼女にも同じように魔名を与えた。

顔を上げたリビアは、自分の力を確かめるように腕を動かし、それから再び頭を下げた。

「ありがとうございます、我が首領」

リビアが嬉しそうに微笑む。

俺は二人の名づけが終わったところで、ステータスを確認してみた。

『リビア（ゴブリンクイーン）主：クレスト　力１３３　耐久力１１４　器用１８２　俊敏１４５　魔力２０９　賢さ１９８』

『オルフェ（ワーウルフキング）主：クレスト　力２０１　耐久力１６３　器用１０１　俊敏１８８　魔力54　賢さ１４７』

中々の高ステータスだな。

名づけによって跳ね上がった部分もあるだろうが、ステータスは非常に優秀だ。

ルフナやゴブリアよりも高いのは当然だが、さすがだな。

「みんな、これで我々は友で、仲間だ」

「「「おお‼」」」

「これから先、様々な試練が我々に襲い掛かってくるかもしれない。だが――――！　みんなで団結すれば、必ず突破できるはずだ‼」

「「「おお‼」」」

「それでは、これよりワーウルフ、ゴブリンたちにも魔名を授けていく！」

「「「おお‼」」」

嬉しそうな声が響き、俺は順々に魔名を授けていった。これで、ワーウルフ、ゴブリン自体の能力も跳ね上がっていく。

皆に魔名を授け終わったところで、宴が始まった。

飲んで騒いでの宴だ。さすがに酒の類はないが、それでも大いに盛り上がっていた。

皆での宴はそれから一時間ほどで終わった。

あちこちで声をかけられた俺は久しぶりにしゃべりすぎて少し疲れてしまったが、悪い時間ではなかった。

○

次の日の夜。

魔名を与えたゴブリン、ワーウルフたちが外で狩りをしていたからか、俺のガチャポイントはすぐに貯まった。

クラブシザース、マウンテンコングはそれぞれ３００ポイントもくれるんだ。

みんなに魔物を討伐してもらいながら、ガチャの画面を眺めていると、どんどんポイントが増えていくのだ。その増え方を見ているだけで、ニヤニヤが止まらなかった。

とにかく、みんなのおかげで、今の俺にはガチャを三十三回、回せる分のポイントがあった。

さて、ガチャでも回すか。

とりあえず、召喚士系スキルもコンプリートしたいからな。

俺がそう考えていると、玄関の扉がノックされた。

「開いてるぞ」

そう返事をすると、リビアが入ってきた。

美しい寝間着姿とともに、控えめに手を振った彼女がこちらへとやってきた。

「リビア、どうしたんだ?」

俺が問いかけると、リビアが頬を染めながら、もじもじとこちらにやってきた。

「すみません、もう休まれるところでしたか?」

「いや、まだちょっとやることがあってな」

俺はちらと、今出しているガチャ画面を見ていた。

これは他人に見せることができなかったよな、そういえば。

色々なスキルを習得したが、今もまだ無理なのだろうか?

リビアは不思議そうにこちらをみている。

「何をされているのですか?」

「スキルの獲得をしようと思ってな」

「そんなあっさりとできるのですか?　さすがですね」

リビアは目を見開いた後、控えめに両手を叩いていた。

俺が座っていたベッドの隣に腰掛ける。

「まあ、あっさりってわけじゃないんだけどな」

「それでは、結構大変なのでしょうか？」

そう聞いてきたリビアに、俺のガチャについて簡単に解説してみた。

解説を聞き終えたリビアは感心したような吐息をもらした。

「つまり、新種の魔物を探して倒し続けないと強くなれないということですか」

「まあな。今はポイントが貯まっていたんで、それで強化しようと思ったってわけだ」

「なるほど。知らない間にそんなに魔物とも戦っていたのですね」

「いや、魔名を与えた亜人や魔物が倒してもポイントになるんだ。だから、今回のガチャはほとんどゴブリンやワーウルフたちが稼いでくれたポイントだな」

「えっ⁉　それは便利ですね。それなら、これからもどんどんスキルが獲得できそうですね」

「そうだな」

その新種の魔物がいつかは尽きてしまうかもしれないというのが問題があるのだが。

今すぐに考えるような問題でもないか。

リビアがさらに近づいてきた。そして、両目を輝かせる。

「そのガチャというのは、私も見れませんかね？」

「ちょっと、待ってくれ」

上界にいた時、俺は自分のガチャを証明するために見せようとしたが駄目だった。

今はどうだろうか？　普通にしていては難しいだろうが、例えば魔物使役や召喚士の力を借りてというのはどうだ？

色々と考えていた時だった、リビアがわっと驚いたようにこちらを見てきた。

彼女の視線は俺が今広げているガチャ画面に向いていた。

「見えるのか？」

「は、はい。これがガチャ画面なのですね？」

画面に手を伸ばしているようだが、彼女のしなやかな手は通過するだけだ。

さすがに操作はできないようだな。

俺が魔名を与えたからだろうか？　今のリビアやオルフェたちは俺の管理下にある。

それが関係しているのかもしれない。

「じゃあ早速ガチャ回していくか」

「はい、楽しみです」

俺はリビアに軽く説明しながら、十一回ガチャを押した。

ガチャを回した瞬間、いつものように宝箱が出現し、綺麗な色の玉が出現していく。

銅色四つ、銀色三つ、金色三つ、虹色一つだ。

「わあ、なんだか輝いていますね！」

「ガチャにはレアリティがあってな。一番いいのがこの虹色なんだ」

「それでは、それがたくさん出るのが良いのですね。そうなると、今回はハズレですか？」

「まあ、そうでもないかな」

不思議そうに首を傾げる。

あとは、ガチャ結果を見ながら説明した方がいいだろう。

一気にガチャを確認していく。

《銅スキル》【力強化：レベル1】【耐久力強化：レベル1】【俊敏強化：レベル1】【俊敏強化：レベル1】

「たくさん出ましたね。これは良いのですか？」

「銅色は能力強化系だ。一つだとあんまり効果はないが、たくさん集めればそれだけ強化してくれるようになるんだ」

「なるほど。確かにハズレではありませんね」

リビアは楽しそうに銅スキルを見る。下界に来てすぐは、銅スキルは微妙なのだと思っていたが今はかなり恩恵も出てきたからな。

次は銀スキルだ。

《銀スキル》【剣術：レベル1】【鍛冶術：レベル1】【採取術：レベル1】

おっ、中々良いスキルだ。剣術、鍛冶術は良く使うから重宝している。

「銀色は様々な技術系だな」

「確かに、これも素晴らしいですね。戦闘はもちろん、生活基盤を整えるのに必要なスキルが数多くあるのですね。次の金スキルはどのようなものが手に入るのでしょうか？」

「魔法系だな」

「魔法。それはとても便利そうですね！」

リビアが嬉しそうな声をあげる。魔法はこれまでにもたくさん使ってきたからな。

何が出ても損はない。今ではそんな風に考えられる。

《金スキル》【土魔法：レベル1】【火魔法：レベル1】【水魔法：レベル1】

出現した三つのスキルを見て、リビアが目を輝かせる。

「こ、こんなに色々な魔法系スキルが一瞬で手に入っちゃうなんて……本当に凄すぎです、クレスト様！」

「上界にいるだけじゃ、中々機能しないスキルでもあるんだけどな」

そもそも、このポイント自体が上界にいては中々手に入りにくいスキルでもある。

そして、最後は虹色だ。

《虹スキル》【召喚士：レベル1】

おお、召喚士か！ これはまだレベルMAXになっていなかったため、良かったな。

「これは、あっ、ピックアップ、と書かれていたスキルですね」

「そうだ。最後の虹色はピックアップスキルが出る感じだな」

これで5000ポイント分のガチャは終わった。

リビアは楽しんでくれたようだ。

「なんだかこうしてガチャを見ているのは興奮しますね」

「それじゃあ、残りも回そうか」

俺はさらにリビアと10000ポイント分のガチャを回していく。

リビアは毎回俺のスキルについての確認をしてきた。

彼女は初めて聞くスキルについて、とても興味があるようで、何度も聞いてきた。

今回獲得したスキルで新しい物はなかったが、リビアの反応が見ていて楽しかったのでよしとしようか。

三十三回のガチャで出たスキルをまとめておこうか。

力強化三つ、耐久力強化三つ、器用強化三つ、俊敏強化二つ、魔力強化二つ。

剣術二つ、釣り術一つ、鍛冶術一つ、仕立て術一つ、飼育術一つ、採取術一つ、感知術一つ、魔物進化術一つ。

土魔法一つ、火魔法三つ、水魔法二つ、付与魔法一つ。

召喚士二つ、魔物指南一つ、魔物使役一つ。


被りしかなかったが、どれも欲しいスキルばかりだったので良しとしよう。

スキルを組み合わせている時に、ステータスを見て、驚いた。

「あ、あれ？　なんか滅茶苦茶上がっているな」

「え、そうなのですか？」

昨日からずっとステータスを見ていなかったため、自分のステータスの変化に驚いた。

何もしていないのに、すべてのステータスが100以上上がっているぞ？

『クレスト　力272（＋16）　耐久力251（＋10）　器用270（＋13）　俊敏296（＋14）　魔力303（＋15）』

ど、どういうことだ？　俺が首を傾げていると、顎に手を当てていたリビアが呟くように言った。

「もしかして、魔名を与えたのが関係しているのではないでしょうか？　そんな話を聞いたことがあるようなないような」

「そう、なのか？」

「はい。魔名を与えられる者はその部下が増えれば増えるだけ能力が上がる、というのを聞いたことがあります。あくまで、聞いただけですが」

でもそれ以外に理由は思いつかない。

恐らくは、魔名を与えたのが影響したのだろう。

「たぶんそうなんだろうな。それなら、もっとたくさん仲間を増やせれば、さらに強くなれるってわけか」

「それならば、とても素晴らしいことですね。クレスト様が強くなれたようで良かったです」

「いや……色々と教えてくれてありがとな。助かった」

「いえ、そんなことはありません」

「そろそろ俺は休もうと思う。また明日な」

微笑んでいたリビアにそういうと、彼女はすっと俺の方に体を寄せてきた。

彼女の腕がそっと俺の腕に当たる。柔らかな感触が腕に伝わってくる。

どうしたんだ？

「リビア？」

「あの、クレスト様。少し、よろしいでしょうか？」

「ああ……」

リビアはもじもじとしてから、こちらに潤んだ瞳を向けて来た。

「私と今夜一緒に寝てはくれませんか？」

「一緒に寝る……？　ど、どういうことだ？」

「ゴブリンというのは性欲の強い生物とはご存知でしょうか？」

リビアが突然そんな話を始めたので吹き出しそうになる。それを抑えつけ、こくりと頷いた。

「まあ、そうだな。前に人間の男を連れていくのも見たな」

家族の顔を思いだし、苦笑する。まだ生きているのだろうか？

そんなことを考えていると、リビアもまた苦笑した。

「そうなのですね。メスのゴブリンか、あるいはオスでもまあ、穴さえあればというのもいますからね」

少し恥ずかしそうにリビアはそういった。

まるで俺が言わせたみたいだ。悪いことをしてしまったな。

「悪いな。別にそんなこと言わせるつもりはなかったんだが」

「いえ、気にしないでください。それでは、話を戻しますね。クイーンというのは他のゴブリンと違い、性欲は基本的には抑えられるのです」

「基本的にはか？」

そこを強調するように言ったということは、つまりそういうことなのだろうか？

「はい。クイーンというのは、ただ一人の相手にのみ欲情するようなのです」

「へぇ、ゴブリンとは色々違うんだ」

「ですので、今の私はあなたにしか欲情しないようなのです」

そういって、リビアが俺の体を押し倒してきた。

急な動きに驚き、対応に遅れる。

リビアがにこっと微笑む。その無邪気な微笑みに、俺はドキリと心臓が跳ねるのが分かった。

「だから……今夜、一緒に寝てもいいですか？」

「あ、ああ」

断れなかった。俺の返答にリビアは嬉しそうに目を細める。

もう、これから寝る予定だったため、そのまま俺たちはベッドへと入る。

一人用で作ったベッドだ。さすがに二人で一緒になると、いくらリビアが小柄とはいえ少し厳しい。

まあ、それでも寝られないことはないか。

隣にいたリビアが表情を緩めながら、目を閉じる。

「おやすみなさい、クレスト様」

「おやすみ」

リビアの声はどこか弾んでいた。しばらくして、彼女から寝息が聞こえてくる。

……。

俺はほっとしたような少し残念なような気分を味わっていた。

べ、別にエッチなことを期待していたわけではない。

そう。これはあくまで添い寝だ。リビアにとって、性欲を抑えるとはこのように一緒に眠ることなんだろう。

そう自分を納得させてから、俺も目を閉じた。

と、リビアの手がすっと俺の手を握ってきた。

それは、わざとなのか、それとも寝相が悪いのか分からなかったが、その柔らかな感触に軽く手を握り返す。

共に誰かと眠ったことは、何度かある。

幼い頃、エリスと無理やり一緒に寝たことがあったな。

当時は、彼女を不機嫌にしないか、そればかりが気になってまったく寝られなかったものだ。

でも、エリスはどこか嬉しそうに俺を抱き枕にしていたようにも思えた。あれは勘違いだったんだろうか？

今はもう、どうでもいいか。明日もあるんだから休まないと。

そう思って目を閉じたが、寝られなかった。

緊張する。リビアの寝息が首元に当たるたび、ドキドキする。

彼女の呼吸に合わせ、胸が上下する。彼女の薄い衣服もあって、それだけで胸元がちらちらと見える。

決して女性的なボディではないし、どちらかといえば小柄ではあるが。なんだろう、人形のようなかわいらしさもあって、ドキドキとしてしまった。

これは生殺しだ。

俺は小さく息を吐き、精神を落ち着かせる。

修業だと思い込もう。自分の理性を制御するという修業だ。

俺は深呼吸をしながら、ようやく落ち着いてきたところで目を閉じる。

そのまま、睡魔に身を任せようとした時だった。

ぎゅっと、抱きつかれ、俺は肺に溜まっていた酸素を、むせるように吐き出す。 俺は自分を誤魔化すために、スキル一覧を眺めることにした。

《銅スキル》【力強化：レベル6】【耐久力強化：レベル4（3／4）】【器用強化：レベル5】【俊敏強化：レベル5】【魔力強化：レベル5（2／5）】
《銀スキル》【剣術：レベル4（1／4）】【短剣術：レベル2（1／2）】【採掘術：レベル2】【釣り術：レベル2（1／2）】【開墾《かいこん》術：レベル2】【格闘術：レベル2】【料理術：レベル2】【鍛冶術：レベル2（1／2）】【仕立て術：レベル2（1／2）】【飼育術：レベル2】【地図化術：レベル2（1／2）】【採取術：レベル2】【槍術：レベル2】【感知術：レベル2（1／2）】【建築術：レベル1】【魔物進化術：レベル2】【回復術：レベル1】

《金スキル》【土魔法：レベル４（１／４）】【火魔法：レベル５】【水魔法：レベル４】【風魔法：レベル３（１／３）】【付与魔法：レベル２（１／２）】【光魔法：レベル２】
《虹スキル》【鑑定：レベル３（ＭＡＸ）】【栽培：レベル３（ＭＡＸ）】【薬師：レベル３（ＭＡＸ）】【召喚士：レベル３（ＭＡＸ）】【魔物指南：レベル２】【魔物使役：レベル２（１／２）】
《余りスキル》【鑑定：レベル１】【薬師：レベル１】【召喚士：レベル１】

○

次の日。

なんだかんだ、気づいたら眠れていたな。

俺の身体にぎゅっと抱き着いたままのリビアをまずは揺すった。

「リビア、ほら起きてくれ」

「ん？　あっ、おはようございます」

目をこすりながら、俺から離れるリビア。

嬉しそうな笑顔である。柔らかな感触とふわりと香る彼女の匂いに僅かに恥ずかしさがあった。

「ありがとうございます、クレスト様。だいぶ体の奥から湧き上がる感情が抑えられました！」

「そうか、それならよかった」

添い寝するだけで性欲が抑えられるようだな。

「またこれからも……たまにお願いするかもしれませんが良いですか？」

「ああ」

別に俺に悪影響はないしな。これで緊張して寝られないとかだったら問題だったが、そういうことも特になかった。

リビアとともに家を出る。

村内ではすでに皆が活動を始めていた。

といっても、主にやっていることは亜人たちが訓練を行っているという感じだ。

俺が外に出ると、ゴブリアとルフナも付き添ってくる。

ワーウルフと剣の訓練をしていたオルフェが、俺に気づくとすっと頭を下げてきた。

「おはよう、クレスト」

「おはよう」

「今日は何をするんだ？」

「新しい魔物を探そうと思っている。それと、まだポイズンスネークを二十五体倒していないからその討伐でもしようかな」

「二十五体？」

オルフェが首を傾げた。俺は自分のスキルについて伝えた。

「なるほど、な。それなら、北側の調査を行うということだな？」

「ああ」

俺がそう答えると、ワーウルフたちが少し表情を険しくする。

何かあるのだろうか？

「どうかしたのか？」

俺が問いかけると、オルフェも気づいたようだ。苦笑してから、片手を腰に当てる。

「北をずっと進んだところに、オレたちがいたワーウルフの村があるからな。あまり行き過ぎると奴らに気づかれる危険があるかもしれない」

「なるほどな」

北側はワーウルフの村、か。オルフェの話を聞く限り、かなり好戦的なワーウルフたちのようだ。

「それなら、あまり北に行き過ぎないようにしようかな。ポイズンスネークがいる周辺の調査にとどめようと思う」

「そうだな。といっても、そこまで神経質にならなくてもいいはずだ。ワーウルフの村はそこからさらに北へ行くと、別の亜人の村があるからな。そっちとの関係に過敏になっていて、あまり南の調査は行っていないはずだ。だからこそ、オレたちは南側に逃げてきたんだからな」

下界というのは亜人たちによる勢力争いが盛んに行われているのだな。

その部分だけを取り上げると、まるで貴族の権力争いのようだ。

貴族の場合、裏での策略などがひしめいているからな。

「それじゃあ俺は行ってくるよ。ルフナ、ゴブリア。行こうか」

俺が二体に声をかけると、オルフェもこちらにやってきた。

「オレも共に行こう。北側なら、オレも詳しいからな」

「私も向かいます」

リビアもそう言ってきて、俺は少し迷った。

しかし、断る理由もなかった。

「そうか？　それなら頼む」

俺が許可を出すと、リビアが口を開いた。

「それでは、ゴブリンの皆に少し外に出ると伝えてきますね」

「オレも、ワーウルフたちに伝えてくる。少し待っていてくれ」

「分かった」

村の人たちに事情を説明した後、リビア、オルフェを連れて俺は村の外へと出た。

ルフナの鼻と、俺の感知術を使いながら、ポイズンスネークを探していく。

まだいるかどうかは分からないが、探してみる価値はあるだろう。

「オルフェ。北の方に、ワーウルフの村以外はないのか？」

同盟を結び、より強固にしておきたいという気持ちもあるからな。

ワーウルフたちに襲われる可能性もあるし、さらに他の種族だってどこかにいるだろう。

「村、か。確かあったが……交流はなかったから、あまり分からないな。スライム族がいたような気がするが」

「スライム、か。それもある程度の知能があるのか？」

スライム族、と言われてもまるで想像ができなかった。

「前に親父に会いに来たスライムの女王がいたのは知っている。その時はしっかりと話していたな」

「なるほどなぁ。上界で暮らしていた俺には知らないことばかりだな」

「それはどちらもそうだろう？　上界の暮らしはどうなんだ？」

「そうだな」

俺はぽりぽりと頭をかいて、それから上界での生活について、彼らに話していく。

貴族の面倒なこととか、嫌な部分はあまり触れずにな。

「そうか。魔物や亜人がまったくいない世界……まずそこがオレたちからすれば驚きだな」

「そうですね。けど、クレスト様は下界にきて、その部分で逆に驚いているんですもんね。面白いですね」

そうだな。

その時だった。ルフナが小さく吠えた。

「ルフナ、おっ」

ルフナが吠えたあと、お座りして前足で地面を示した。

そこには、巨大な体を引きずった跡のような物が残っていた。

「たぶん、ポイズンスネークだな。やっぱり、そうだ。この爬虫類特有の臭いはそうに違いない」

オルフェが地面をじっと見て、鼻を近づけている。ワーウルフも鼻が利くようだ。

「ありがとな、ルフナ」

ルフナの体を抱きしめるようにして、顎の下を撫でる。ルフナは頭を撫でられるより、顎下を撫でられる方が好きなようだ。

嬉しそうに体を擦り寄せてくる。

その時だった。ポイズンスネークだろうか？　俺の感知術に、魔物の反応があった。

「みんな、あっちに魔物がいるみたいだ。行くぞ」

呼びかけてから、そちらへと向かう。

ん？

一度俺が足を止めると、オルフェが首を傾げた。

「どうしたクレスト」

「いや、なんか別の反応もあるんだよな」

「別の反応？　魔物同士で争っているのか？」

「いや……」

争っているというよりも、一方的に逃げているというのが正しい。

「誰かが襲われて、逃げているという感じでもあるな」

「とりあえず、見に行ってみるしかないだろう。よっぽどの相手でなければ、オレたちならば問題ないだろう」

そうだな。

今ここにいる俺たちは、あの村での最高戦力だ。

俺たちでどうしようもなければ、運が悪かった。そう思うしかない。

そちらへと近づくと、ちょうど向こうもこちらにやってきた。

そして、木々を薙ぎ倒すようにしてやってきたポイズンスネーク。

その前では……人型をした水の生物が、必死に逃げていた。

「スライム族だ」

オルフェの言葉に、俺は驚いていた。

スライム族、か。

まさかこんなところで遭遇することになるとは思っていなかった。

とりあえず、必死にポイズンスネークから逃げているようだし、助けた方がいいだろう。

「クレスト、名前を与えてもらったこの体の全力、少し試してみたい。任せてもらってもいいか？」

「ああ、いいぞ」

俺が答えると、リビアも腰に差していた剣を抜いた。

「それでは、私も戦わせてください、オルフェ様。ちょうど今の力を試してみたかったので」

「そうだな。これからは共闘することも多いしな。それでは、足を引っ張るなよ」

「それは私の台詞ですよ」

二人は一度睨み合ってから走り出す。

どちらもかなり速い。

「ルフナよりも速いかもな」

「……ガルル」

負けてないし、とばかりにルフナが吠えた。

悪い悪い。頭を撫でながら、戦いを眺める。

まずはオルフェだ。

「ふんっ！」

叫ぶと同時、力強い一撃がポイズンスネークを襲った。

ポイズンスネークの尻尾から先を両断してみせた。

ポイズンスネークも黙って攻撃を受けているばかりではない、反撃とばかりに噛みついたが、すでにそこにオルフェはいない。

そして、その攻撃はあまりにも短絡的だった。

リビアに背中を見せているのだから。

リビアは小さく息を吐いてから、腰に差していた剣を僅かに抜いた。

それは一瞬だった。リビアがポイズンスネークを通過すると同時、ポイズンスネークの体が斬られていた。

以前、一緒に戦った時よりも上達しているのは明らかだ。

ポイズンスネークはオルフェとリビアの連撃に耐え切れず、その場で倒れた。

まだ僅かに息はあったようだが、オルフェとリビアが剣を振りぬくと、ポイズンスネークは最後の脈動を残し、倒れた。

俺はポイズンスネークの体を解体し、素材を回収しておく。

このポイズンスネークの鱗はきちんと確保しておこう。また後で、誰かが毒にやられるかもしれないしな。

「軽いし、力が出る。前とは比べ物にならないな」

「私もです。以前は、ポイズンスネークにもう少し苦戦しましたが、今はもう負ける気がしませんね」

オルフェとリビアが呟くように話していた。

「それに、この剣もだ。これまでは斬るというよりは殴る、といった使い方になってしまっていたが、クレストに造ってもらってからはまるで違う」

オルフェとリビアの剣も、鍛冶術で新しく造ってあげた。

「はい。私の剣もですね。クレスト様、本当に素晴らしいです」

二人が絶賛とともにこちらを見てくる。

満足いく結果になったようで安堵する。

さて、問題は――スライム族だな。

ポイズンスネークに追いかけられていたスライム族たちを改めて見る。

スライム族は呆然と背後を見ていたが、やがてこちらに気づいた。

びくり、と肩を跳ねたスライムが逃げようとしたが、俺はそちらに慌てて声をかけた。

「待ってくれ。俺たちはおまえを襲うつもりはない。ただ、ちょっと話をしたいんだ！」

「は、話ですか？」

本当に喋れるんだな。見た目は人型だが、完全に液体なのだ。

一体どこからどう声が出ているのやら。

「ああ。俺たちはここから南に村を持っているんだ。……そして、色々と話が聞きたくてな」

俺の言葉に、スライムはじっとこちらを見てくる。

「助けてくれましたし、信じます、あなたの言葉」

「ありがとな」

「それで、聞きたいというのはどのような話でしょうか？」

「この辺りで暮らしているのか？　一人、なのか？」

「一人、ではありません。村で生活をしています」

村、か。

この辺りにスライムの村があるというのはやはり正しいようだ。

「そうか。北には恐ろしいワーウルフたちがいるとも聞いている。できれば、同盟を結びたいんだ。村の管理者と話をすることは可能か？」

「ワーウルフ、そちらにいる者もワーウルフではないですか！」

スライムはきっと、オルフェを睨んだ。

オルフェは困った様子で頬をかいていたが、スライムの表情には怒りが見えた。

「何か、あったのか？」

「同盟を申し出てきた北のワーウルフたちは、私たちを騙したのです！　私たちに、奴隷になるか、ここで死ぬか。そういって拒否した多くのスライムたちが命を失いました！」

そんなことになっていたのか。事態は俺が考えるよりも深刻な状況だったようだ。

皆仲良く過ごせれば、そう思っていたのだが、そういうわけにもいかないか。

俺は驚き、オルフェは拳をぎゅっと固めたあと、スライムに近づき、深く頭を下げた。

「すべてはオレの責任だ。すまない」

「オルフェ。スライム、彼に非はない。それも含めて、すべてを話したい。スライムの代表者が村にいるというのなら、案内してくれないか？　俺たちは何もしない。武器を所持しているのが怖いというのなら、預かってくれても構わない」

俺は剣をスライムの前に置いた。

俺に倣うように、リビア、オルフェ、ゴブリアも武器を置いた。

スライムは考えるようにこちらを見てから、こくりと首を縦に振った。

「分かりました。村までは案内します。武器も持っていて構いません」

「ありがとう」

俺たちはスライムとともにその背中を追っていく。

「クレスト、すまない。オレのせいで、スライムたちに嫌われてしまった」

「おまえの責任じゃない」

「だが――」

「これからどうにかすればいい。過去のことばかり考えていても仕方ない。未来のこと、これからのこと……それを考えよう」

「ああ、ありがとうクレスト」

俺が言うと、オルフェは唇をぎゅっと噛んでから、深く頭を下げた。

次に顔をあげた彼は決意に満ちた顔をしていた。

○

スライムの案内に従い、俺たちは村まで来ていた。

村、というか中央に大きな沼があるだけで、家というものはない。

スライムたちは家を持たないようだ。

「ここが、村になります」

案内してきたスライムが言うと、木々の中からスライムが現れた。

それは一体だけではない。

この場にあったすべての木から、スライムが溶け出るように出てくる。

彼らは木々に体を絡ませるようにしながら、上半身は人間の形をとっていく。

そして、こちらを憎むように——いや、オルフェを見ていた。

しかし、何かされるわけではない。ただ、じっと厳しい目を向けてきていた。

「スライム族の家は、木の中なのか？」

「そういうわけではありません。もちろん、家を造れればそれに越したことはありませんが、我々は拠点を移動し今ここにきています。木々の内部を溶かし、そこを自分の家にしています」

俺の問いかけに、スライムが答えた。

スライムたちはそうやって暮らしているのか。

スライムの一体がこちらへとやってきた。他よりも一回り大きなスライムだ。

「人間、ゴブリン、ウルフ……そして、ワーウルフ。一体どういう理由でおまえたちは共にいて、ここに足を運んだ？」

威圧するような声だった。

彼に向けて、スライムが説明した。

「彼らは私が魔物に襲われているところを助けてくれました」

「だが、ワーウルフがいる」

よほど、恨まれているようだな。

それもそうだな。

スライム族の首領を騙し討ちされたんだから当然か。

俺はその威圧的な声を出すスライムに近づき、声をかけた。

「俺たちは南に村を持っている。スライム族がここにいると聞いた。同盟を結びたいと思い、やってきた」

「同盟？　ワーウルフと？　その顔は見たことがある。オレたちを騙した奴と同じ顔だ‼」

スライムがそう叫ぶと、他のスライムたちからも敵意が感じられるようになった。

双子の兄だもんな。そりゃあ似ているよな。

俺はそれでも、彼らの怒りを諭すようにゆっくりと伝える。

「彼は北のワーウルフとは違う。ここにいるワーウルフは、おまえたちスライム族と同じで北のワーウルフに騙され、そして村から追放されたんだ。北のワーウルフを恨む気持ちは同じだ」

俺の言葉に、スライムがちらとオルフェを見た。

オルフェがそこで一歩を踏み出す。

「ああ、そうだ。彼の言う通り、おまえたちを騙し打ちしたのはオレの兄だ。オレもおまえたちも、あいつを憎む気持ちは同じはずだ」

オルフェがそういうと、スライムたちは顔を見合わせる。

それから、スライムは俺に向けて首を振った。

「今、我らが首領であられるスフィー様は怪我をしている。会えるような状態ではない」

「スライムは、ポーションを飲んでも問題ないのか？」

「ああ、問題はないが……それがどうした？」

「それなら、これを使ってくれないか？」

俺はウエストポーチからコップを取り出し、そこにポーションを製作した。

それを見て、スライムは僅かに驚いたような顔になったが、すぐにその表情を引き締めなおす。

俺はポーションを一口だけ飲んでから、スライムに渡す。

「毒は入っていない。それなりに回復効果はあるはずだ」

「……」

スライムは俺からポーションを受け取って、それから奥へと向かった。

まだ、周囲の木々に絡まるようにいたスライムからは警戒されたままだった。

○

しばらくして、スライムがこちらへと戻ってきた。

地面に座って休んでいた俺たちは、彼の登場に合わせて立ち上がった。

「スフィー様がお呼びだ」

面会の許可が下りたようだ。

それにほっと胸を撫でおろしながら、俺たちは森を移動していく。

やがて、周りよりもひときわ大きな木にたどり着くと、地面にあった液体がすっと起き上がる。

そして、女性の姿となった。大人っぽい、美しい女性だ。

「スライムというのは、個体ごとに姿が固まっているのか？」

「確かそうだったと思いますね」

「性別も、あるんだな」

「それは当然です。亜人ですから」

俺がぼそりとリビアに訊ねていると、その女性がすっとこちらへとやってきた。

その両目は厳しくオルフェを睨んでから、俺たちへと向いた。

「ポーション、に関してのみは感謝するわ、ありがとう人間よ」

「いや、別に気にするな。こちらこそ、面会してくれて助かった」

「それで？　あなたたちの望みは何かしら？」

「同盟だ。……北のワーウルフの脅威がある以上、俺たちは互いに手を取り合った方がいいだろう」

これは紛れもない事実だ。

北のワーウルフたちがどれほどの力を持っているか分からない。

それぞれが個として抵抗していては、命を落とす可能性がある。

しかし、スフィーの表情は険しかった。

「状況は分かっているわ。けれど、ね。私たちはあなたたちと同盟を結ぶつもりはないの」

「どうしてだ？　危険な状況だろ」

「それは、私たちは人間も嫌いなのよ」

スフィーはそういって、俺を睨んできた。

人間が嫌いか。

だが、下界で暮らすスフィーたちがどうして人間を知っているのだろうか？

「どうして、人間が嫌いなんだ？　仲間が殺されでもしたのか？」

「ええ、そんなところよ。そして少なくとも、私はそれ以上の恨みがあるわ」

「どういうことだ？」

「私が昔、上界で暮らしていたからよ」

スフィーの言葉に、俺は驚いた。

彼女が昔、上界で暮らしていた？

つまり、俺と同じように下界送りにされたということなのだろうか？

「上界で？　それはまたどうして？」

「一部の国では、スライムを発見して捕らえているのは知っているかしら？」

「そうだな。確か、ゴミ収集の仕事をさせるため、とかだったか？」

聞いたことがある。なんという国だったか。

「ええ、そうよ。水の国、アクアフィールド。そこで私は毎日奴隷のような生活をしていたわ。

人間たちにいいように使われてね。その時はまだ、私はただのスライムだったわ」

アクアフィールドは確か隣国だったか。俺たちの国とはそれなりに親しい関係だったはずだ。

アクアフィールドでは、亜人も奴隷ではあるが暮らしていたはずだ。ただ、スライムなどを使って街の掃除をさせていたとは知らなかったが。

「それで、どうだったんだ？」

「そこで生活していた私たちは、だんだんと自我が芽生えてきたわ。今のような人間の姿をとることは結局上界にいる間にはできなかったけど」

「それで、どうやって下界におりたんだ？」

「アクアフィールドにある川に、滑り落ちたのよ。あとはそのまま流れて滝について……気づけば浜辺に打ち上げられていた。そして、下界で暮らすうちに私は力をつけた。今のように人の姿をとれるようになったのも下界に来てからだわ」

スフィーの発言に、昔聞いた話を思い出す。アクアフィールドには大きな滝があり、それが下界にまで伸びているとか。

まあ、そこを落ちて助かることはまずないだろうからあくまで噂程度の話だったが。

それにしても、下界という環境は亜人が強くなるための条件が揃っているのかもしれない。

あるとすれば、この魔力か。上界よりも魔力が濃いのが、何かしら影響を与えているのかもしれない。

そこまで語ったスフィーは鋭い視線とともにこちらを見た。

「だから私は、あなたたち人間も嫌いなの」

「けど、ワーウルフたちに抵抗するために、手を組むべきじゃないか？　このままでは、厳しいことは分かっているだろ？」

俺がそういうと、スフィーは不敵に微笑む。

「あなたたちは厳しいのかもしれないけど、私たちは違うわ」

「なに？」

「私たちは騙されただけだわ。本気でぶつかり合えば、負けることはないわ。私たちは魔法に弱いけれど、ワーウルフたちは魔法系スキルを所持していることが少ないわ。物理攻撃だけなら、私たちの方が有利よ」

「……」

俺たちはスライムの戦力がどれほどあるのか知らないからな。

北のワーウルフたちが危険、である情報は持っている。

実際に戦ったスライムたちが言うのなら、彼女らの判断が間違っているとも思えなかった。

「それじゃあ、どうしてここに俺たちを呼んだんだ？」

「同盟、までは結ぶつもりはないわ。けれど、今あなたたちに攻め込まれても面倒であることは変わりないわ。だから、北のワーウルフの問題が解決するまでは、お互いに手を出し合わないことにしない？　あなたには、ポーションを頂いた恩もあるわ。だから、手を組むつもりはないけれど、敵対もしない。それでどうかしら？」

妥協点としては十分だ。

スフィーたちが敵でなくなれば、北のワーウルフたちに集中できる。

「分かった。それで行こう」

「交渉成立ね。それでは、今後とも今の中立の立場でいましょう」

スフィーがそういって片手を差し出してきた。

俺がその手を握りしめる。スライム特有の感触だったが、嫌な感触ではなかった。

「帰ろうみんな」

「ああ」

皆が小さく頷くが、オルフェはあまり元気がなかった。

先程のスフィーの言葉を気にしているのかもしれないな。

○

スライム族の村を出て、ゴブリンの村に戻る途中、俺たちはポイズンスネークを狩っていた。

オルフェはどこか鬼気迫る様子で狩りをしていた。

ポイズンスネークを狩る際も、力に任せて剣を振ることが多い。

「荒れていますね、オルフェ様」

「だな」

リビアとともに、オルフェの戦闘を眺めていた。

恐らく、北のワーウルフの話を聞いて気持ちが高ぶっているのだろう。

「オルフェ、北のワーウルフというのは、強いのか？」

ポイズンスネークを倒し終えたところで、訊ねた。

オルフェは剣についた血を葉で拭い落としながら、こちらをちらと見る。

真剣な眼差しとともに、オルフェはこくりと首を縦に振った。

「ああ、強い。正直言って、あの時のオレでは手も足も出なかった」

「そうか」

オルフェの悔しそうな顔に、俺は息を吐いた。

「俺たちは北のワーウルフたちを仕留めるつもりだ。敵将を討ち取り、万が一他のワーウルフたちが降参した場合……それらをまとめる王はおまえだ、オルフェ」

彼がいなければ、ワーウルフたちはまとめられない。

「だが、奴らは敵だぞ、クレスト」

「俺は味方になるというのなら、皆殺しにするつもりはない。だから、そんな情けない顔をするなオルフェ。今のおまえじゃ、ワーウルフたちは任せられない」

「ああ、すまない」

オルフェは一度息を吐いてから、顔を上げる。

「スライム族が万が一やられれば、次は俺たちだ。戦いの準備を整えていった方がよさそうだな」

「そうだな」

「戦いに迷わないでくれ、オルフェ。ここで生きていくのなら、いずれはぶつかる相手だ。奴らが力をつける前に叩き潰せるのなら、それに越したことはないんだ」

運が良かったのは、スライム族が北のワーウルフに敵対してくれたところだな。

オルフェは俺の言葉に、すっと頭を下げた。

第４話　「戦争に向けて」

俺たちは拠点へと戻ってきた。

新しい魔物を探した結果、思いもよらない収穫があったな。

「オルフェ、リビア。みんなを集めてくれ。今日あったこと、これからどうしていくかを話さないとな」

「分かった」

「分かりました」

二人が頷いてから、村へと向かう。

俺はそんな彼らを見ながら、村を改めて見る。

今のままでは、この村を守り切ることはできない。

明らかに防衛能力が低い。

もしも、北のワーウルフたちが攻め込んでくるようなことがあれば、今のままでは殴り合いになる。

向こうとの力関係が分かっていない以上、このまま戦うのは危険だ。

まずは防壁だな。木や石をかき集め、村を覆うような防壁を作る。

防壁があれば、それに合わせた戦いもできるだろう。

基本的な物で言えば、弓矢だ。これも鍛冶術で製作が可能であることは分かっている。

武器はそれだけではない。

続々と集まっている亜人たちを見る。

まだ、十分なアイアン魔鉱石がなかったため、俺はそこまで皆の武器を強化していなかった。

皆が持つ武器は、あまりできの良い物ではない。

アイアン魔鉱石も早急に集めてもらう必要があるな。

オルフェとリビアが戻ってきて、俺の隣に並んだ。

全員の注目が俺へと集まる。俺は一つ咳ばらいをしてから、叫んだ。

「先程、俺たちはスライム族の村へと行ってきた」

俺の言葉に、皆が驚いたようだった。仲間同士で顔を見合わせている。

「驚く必要はない。彼らとは協力関係となった。お互いに敵対しないというものだ。そして、北のワーウルフたちの話も聞いてきた」

この言葉に、ワーウルフたちの顔が険しくなる。

彼らにとっては憎むべき相手だからな。

「今、ワーウルフたちはスライム族を下につけようと動いているようだ。もしも、スライム族が敗れれば、次は俺たちのこの村が狙われるだろう」

俺の言葉に、ワーウルフたちの目が鋭くなっていく。

それだけ、北のワーウルフたちへの怒りを抱えているということなんだろう。

「俺たちは負けるつもりはない‼　これからこの村に防壁を造り、村をより強固なものへとしていく！　だから皆には、木材や石、アイアン魔鉱石を集めてもらいたい！」

「おおお‼」

ワーウルフ、ゴブリンが声を張りあげ、拳を突き上げる。

「早速作業に取り掛かってくれ！」

俺が指示を出すと、すぐに全員が動き出した。

とりあえず、こんなところで良いだろう。

ただ、問題があるとすればどれだけの防壁が作れるか、というところだな。

さすがに、上界の防壁のように立派なものは無理だろう。

……木材を用い、敵が踏み込みづらいように造るのが精々だろう。

「クレスト様。お見事です」

リビアがにこりと微笑んでくる。

「いや、まあ村がなくなったら困るからな」

俺としてはせっかく見つけた安心して暮らせる場所だからな。

リビアと話しているとオルフェがこちらへとやってきた。すっと彼は背の高い体を折り曲げた。

「クレスト。少し稽古をつけてくれないか？」

「稽古？」

「ああ……。今のオレではまだ、兄に勝つには力が足りないかもしれない。次に会う時に、負けるわけにはいかないからな」

「そうか。分かった。訓練場に向かおうか」

俺たちが歩き出すとリビアもついてきた。

「私も参加しますね」

「ああ、了解だ」

訓練場についたところで、俺とオルフェは剣を持って向かい合う。

それから、打ち合う。

オルフェの動きは素早く、力強い。だが、俺のステータスと剣の技術なら十分に捌ききれる。

その動きを観察していて、気づいたことがある。

「オルフェ……何かしらの剣術を学んだことはあるのか？」

「いや、ないな。オレたちは実戦の中で生きるための剣を覚えはするがこう、剣術と呼ばれるものは持っていないな。そういえば、クレストは……ある程度決まった動きをしているよな？」

そう。俺は戦いの中で常に流派を意識していた。

上界ではいくつかの剣の流派があった。それが、すべて役に立つとは思わないが、それを教えてみるとしようか。

「上界には、四つの剣の流派があるんだ。火剣流、水剣流、土剣流、風剣流の四つだな」

「なるほど。四大精霊に合わせての剣か？」

「ああ。剣の使い方は……まあ今は置いておこう。ここで大事になってくるのは、体内の魔力を変化させることだ」

「魔力を変化させるのか？　どういうことだ？」

リビアもオルフェも首を傾げていた。

やはり、知らないか。

「普段、体を動かす時に魔力で肉体を強化しているよな？」

「そうだな。かなり苦手だが」

オルフェが顔を顰めていると、リビアがぽんっと手を叩いた。

「そういえば、聞いたことがあります。人間の方々は魔力による肉体強化が上手だと」

「まあ、得意な方ではあるな。火剣流の時は体内の魔力を火のように熱くするんだ。それによって、肉体の動きを活性化させ、多少の傷の回復と攻撃速度を高めていくんだ」

「そ、そんなことができるのか⁉」

「ああ。剣の流派を学ぶ上ではこれが大事でな。人それぞれ、得意な属性の魔力というのがある。俺たち人間はこれを学んでいくんだ」

「そ、そうか。だが、亜人は魔力をそんなにうまく変化させられないぞ？」

「それでも、基礎的なものを習得すれば、今までとは段違いの力を得られるはずだ」

「そうだな」

オルフェは目をぎらりと燃やす。

リビアもまた、こちらへとやってきた。

……まずは、それぞれの得意な立ち回りを覚えるところからだな。

○

リビア、オルフェに剣の指導を行っていく。

体内の魔力を変化させる訓練だが、意外にも二人とも感覚だけは掴むことに成功した。

それに驚いていたのは、リビアだった。

「……私、魔力変化については聞いたことがあったのですが、その時はうまくいかなかったんですよ」

そうだったのか。

しかし今のリビアは、水剣流の基礎は掴んでいる。

彼女の身体から感じられる水属性の魔力は、まぎれもなく本物だった。

「もしかして、名前を与えたからなのか？」

「最近あった大きな変化は恐らくそれですね」

俺が彼らを使役したことで、魔力の感覚をつかみやすくなったのかもしれない。

水剣流は敵の動きの先を読み、集中力を高める流派だ。

リビアの剣は一撃必殺の剣が多い。水剣流は彼女の戦い方と合っているだろう。

ちらと俺はオルフェを見た。

彼は苦戦していた。

オルフェは両こぶしを固めながら、体内の魔力を制御していく。

だが、それは一定時間で解除されてしまう。おおよそ一分程度だ。

「……はぁはぁ」

オルフェは何度か荒々しく息を吐き、それから再度体内の魔力を調整していく。

リビアは比較的才能があったのかもしれないな。

「オルフェ、そう力《りき》むな」

「分かっているさ。それでも、兄に勝つための力を手に入れるためにも、なんとしても習得したいからな」

そういってオルフェは再び魔力を変化させる。

彼の魔力は火属性に適性を示した。だから、今は彼にもそれを指導しているのだが、中々習得には至らない。

彼の力強い戦い方には合っているから、コツを掴めば一気に成長できると思うのだが。

オルフェを眺めていると、リビアがやってきた。

「そういえば、クレスト様はどの属性の才能を持っているんですか？」

「一応全部だな」

「え!?　全部ですか!?」

「といっても、そこまで得意じゃないんだ。相手に合わせ、有利に立ち回らないと駄目なくらいにはな」

　器用貧乏、と俺に剣を教えてくれた人は言っていた。

「それでも凄いです」

「そうでもない。ま、今は助かってるな。こうしてみんなに基礎的なものは教えられるんだからな」

　ただ、あくまで基礎的なものだ。

　力をつけていくのなら、そこから先は独学で学んでいってもらう必要がある。

　それから俺たちは、昼が過ぎるまで剣の訓練を行った。

○

　昼食のあと、俺は集めてもらった木材を眺めていく。

　かなりの量だ。おかげで、周囲が開拓され、幅広い範囲が見渡せるようになっていた。

　これなら、木々に隠れて敵が近づいてくるということもないだろう。

　次はこれらを用いて防壁を造らないといけない。

　俺は建築術を使い、最適の防壁を探していく。

　今の俺のスキルレベルで作れるものはたかが知れている。

　石の方が良さそうなんだけど、そこまではまだ俺の建築術では作れないようだ。

色々と健闘した結果、今の俺にできるのは、木の壁を設置する程度だった。

小屋に使っている程度の高さの木の壁なら作れる。

今はひとまず、この木の壁を建築していこう。

村と外との境界線を定める。そこにスキルを発動し、木の壁を製作していく。

それを円周になるよう、移動しながら製作していく。

「す、すげぇな……あっという間にできていくな」

驚いたように声をあげたのはワーウルフたちだ。

確かにそうだな。

高さ二メートルほどの木の壁はそれなりに強固で、揺らしてみても動かない。

これならば、何もないよりはましだろう。

ワーウルフたちは俺のあとをついてきて、でき上がった壁の頑丈さを確かめていく。

そうして、俺は必要な木材を使い円状に壁を製作していった。

あとは、櫓を造れば完成だな。

俺は最後に木材を使い、現状危険と考えられる北側。そして東側に一つ櫓を作った。

念のため、スライム族が襲ってこないとも限らないからな。疑いはほとんどないが、すべてを信じられるほど俺は頭からっぽでもなかった。

「す、すげぇ！　高い建物だ！　ちょっと登ってみようぜ！」

ワーウルフとゴブリンが仲良くはしごを使って上へと上がっていく。

それをちらと眺めてから、俺は防壁を見た。

かなり、立派だろう。

木の壁には東西南北と四か所の門ができている。普段はかんぬきで閉じられているため、やすやすとは侵入できないようになっている。

欲を言えば、これを石で造れれば良かったんだがな。そうすれば、防衛能力は格段に上がっただろう。

それでも、一日の仕事量でこれは十分すぎるだろう。

戦闘面ではそこまで活躍しないが、この建築術はかなりのものだった。

「クレスト様、凄いですね。まさかこんなあっさりと造ってしまうなんて」

「本当にそうだな。オレたちワーウルフたちが何十日もかけてあの程度の村しか作れなかったというのに、おまえはこんなにあっさり作ってしまうんだな」

リビアは素直な様子で、オルフェは驚きと喜びが同居した複雑そうな顔でそう言ってくる。

俺が凄いというより、皆が素材を集めたことの方が驚きだ。

これだけの量があっさり手に入ったんだからな。

「ひとまず、これで村らしくなったな」

「村らしく、というか……そこらの村なんて目ではないほどのものができ上がったぞ？　やはり、おまえについてきて良かった」

オルフェが苦笑している。

俺も皆に続いて櫓に上って外を眺める。

うん、問題なく見えるな。櫓から弓矢による狙撃も可能だろう。

「武器の製作もしていかないとな。そういえば、北のワーウルフたちはどの程度の武器を持っているんだ？」

「皆、オレが持っていた剣と同じくらいだ。クレストが造ってくれたような立派なものは持っていない」

「つまり、武器を変えるだけでもかなりの戦力アップになるってことだな？」

「ああ。なるだろうな」

それが聞けて良かった。

情報は武器になる。今後は、情報を集められるような亜人の育成も行う必要があるかもしれない。

「とりあえず、アイアン魔鉱石をもっと集めた方がいいな。みんなの武器をグレードアップさせながら、俺たちも強化しないとだ」

「分かった。明日からはそれらの回収に重点を置かせよう」

「ああ、頼む」

綺麗な夕陽を俺たちは眺めていた。

この景色がいつまでも見られるように頑張ろう。

○

ゴブリア、ルフナ、オルフェ、リビアとともに、俺たちは村の外へと出ていた。

外から改めて村を眺める。

うん、かなり防壁はしっかりと造られているな。

それを確かめるようにか、オルフェが木の壁に力を込めて押し込もうとする。

しかし、びくともしなかった。

「凄いな。これなら、そう簡単には攻め込まれないぞ」

「みたいだな」

「これほどの防壁が造れるなんて、やはりクレストの下について良かった。ワーウルフたちを守るには、クレストがいなければ難しかったかもしれないな」

「そうでもないだろ」

そう露骨に俺の下についているといわれるのは好きではない。

だって、いずれはオルフェかリビア辺りに、任せたいと考えていたからだ。

「防壁の確認もできましたし、新たな魔物の捜索を行っていきますか？」

「そうだな。確か、南西の方で見たんだよな？」

俺たちが村の外に出たのは、新しい魔物を発見したからだ。

その魔物は、カマキリのような見た目をしているという話だった。

確かに、話を聞いてから俺はガチャ画面を確認したが、ポイントが２００増えていた。

こいつを二十五体狩れば５０００ポイントだ。

ポイズンスネークを倒した時のポイントが残っているので、合わせて二十二回分のガチャになる。

貯まったら、今夜にでも回そうかと思っていた。

「それじゃあ行こうか」

俺はルフナとともに、周囲の探知を行いながら歩いていく。

「わぁ、このあたり果物もたくさんありますね！」

「そうだな」

そういえば、村に戻ってきてから作物の栽培などはしていなかった。

今後のことを考えれば、どこかで作物を栽培した方が良いだろう。

いつまでも、魔物頼りの食事はさすがに厳しいからな。

「私好きなんですよねっ。ちょっと食べていいですか？」

「ああ」

嬉しそうにリビアがオレンジイの実をとって口に運ぶ。

幸せそうに彼女が頬に手を当てていて、俺とオルフェは苦笑する。

ゴブリアも食べたい様子だったが、身長が足りずに届かない。

　だから、俺が代わりにとって渡してあげた。

「女というのはフルーツ系が好きなのか？」

　オルフェが考えるように問いかけてきた。

「どうだろうな。人間も甘いものは好きな奴が多かったと思うが」

「私は好きですね。も、もう一つだけ……いいですか？」

「別にゆっくり食べていいからな？」

「ありがとうございます」

　リビアはさらにもう一つ木の実をとった。

　これまで、休まず行動してばかりだったので、これは良い休息になっただろう。

「オルフェは何か好きな食べ物はあるのか？」

「そうだな。強いてあげるなら肉、か？　まあ、わりと何でも食べられるさ」

「そうなんだな。それなら今の生活は好きなものが比較的食べられていてまだいいって感じか？」

「ああ。それに、ある程度自分の時間も取れるようになったからな。今は趣味のトレーニングもできているし」

「トレーニングが趣味か？」

「ああ、体を鍛えるのは楽しいんだぞ？　クレストもたまにはやってみるか？」

「いや、がっつりはやらなくていいかな」

剣を振るとかくらいはやるが、そこまでしっかりと鍛えるつもりはなかった。

「そうか」

オルフェは少しがっかりとしていたようだ。

オレンジイの実を食べ終えたリビアが、俺たちに並び、再び歩き始めた。

しばらく歩いた時だった。

ルフナが反応して、俺は周囲を鑑定していった。

そして、カマキリを発見した。

木に擬態しているようだった。

それほど大きくはない。人間の頭程度のサイズだ。まあ、普通のカマキリと比較すればかなりでかいが、あくまでその程度だ。

カメレオンカマキリというようだ。

「ゴブ！」

ゴブリアがハンマーを構える。

「ルフナ、ゴブリア。二体で戦ってみてくれるか？」

「ゴブ！」

「ガルル！」

二体がそう返事を返してから、とびかかった。

その瞬間。景色に溶け込んでいた体がはっきりと見えるようになる。

ほぼ同時にカメレオンカマキリはゴブリアの方に体を向け、両手の鎌を振り下ろしてきた。

「ゴブ⁉」

ゴブリアが驚いたような声を上げ、その一撃をかわす。ぎりぎりではあったが上手くかわしたな。

ゴブリアに追撃が迫るが、それを妨害するようにルフナが吠えた。

大きな音を上げたことにより、カメレオンカマキリはびくっと一瞬体を跳ね上げた。

その一瞬が、勝負の分かれ目だった。

体勢を立て直したゴブリアがハンマーを振りぬく。カメレオンカマキリの顔に直撃する。

ゴッ、という鈍い音が響くと、カメレオンカマキリはその場で崩れ落ちた。

痙攣した後、カメレオンカマキリは動かなくなった。

ゴブリアの一撃が上手く入ったようだ。

カメレオンカマキリの反応と、周囲の景色に溶け込む力。

それらは厄介ではあるが、戦闘能力だけで見ればゴブリアとルフナで対応できるな。

ゴブリアたちが問題なく戦えることも確認できたので、俺は皆を見ながら口を開いた。

「それじゃあ、全員で分かれて行動しようか」

一緒に戦っていても仕方ない。この辺りにはほとんど魔物も見かけなかったしな。

「ただ、感知できるのはルフナとクレストだけだろう。どうする？」

「んじゃ、俺とルフナで二手に分かれようか。残りのメンバーは誰でもいいんじゃないか？」

俺が答えると、リビアがちらとこちらを見てきた。

「そ、それでは……その。クレスト様と一緒に行ってもいいですか?」

「別にいいぞ」

「ありがとうございます」

リビアがそういうと、オルフェはふっと口元を緩めた。

「それじゃあオレはこちらの魔物二体と同行しよう。戦力的に、この方が良いだろう?」

「まあ、そうだな」

オルフェ、今絶対気を使っただろ。

別に俺とリビアはそんな関係ではない。

一緒に寝ただけの関係だ。こう言うと、誤解を生みそうだな。

「それじゃあリビア、魔物狩りといこうか」

「はい、お供しますね」

リビアは腰に差した剣の柄へと手を伸ばす。

オルフェたちと別れ、俺はリビアと二人で森を歩く。

カメレオンカマキリはすぐに見つかった。

「それじゃあ、戦うか」

「はい。私にお任せくださいクレスト様」

リビアが笑顔とともに視線を一つの木へと向ける。擬態していたカメレオンカマキリは、気づかれていることに気づいていない。

「それじゃあ、任せた」

俺が言うと、リビアは一瞬で距離を詰め、カメレオンカマキリを斬り裂いた。

素晴らしい速度と一撃だ。水剣流をかなり使いこなしているようだ。

「どうでしょうか？」

「ああ、凄いな」

「ふふ、それでは何かご褒美を頂けませんか？」

「え？　ご褒美？　お、お金とか？」

「いえいえ。頭を撫でてください」

そういってリビアが体を寄せてくる。

ちょっと困ってしまったが、それで喜んでくれるのなら、いいか。

俺はリビアの頭を撫でた。僅かに照れくさかったこともあり、少しがさつな動きになってしまったかもしれない。

しかし、リビアは嬉しそうに笑っている。

「ふふ、ありがとうございます。ますますやる気が出てきました」

「それなら、良かった」

「そういえば、クレスト様。ゴブリア様とルフナ様はクレスト様が初めて仲間にされた魔物、ですよね？」

「そうだな」

二体を仲間にするまでには随分と時間がかかったな。

今では、これほどたくさんの仲間がいるのだが。

「今後も増やしていこうと考えていますか？」

「どうだろうな。当初の予定では、どこか落ち着ける場所を見つけて、仲間を増やしていくつもりだった。もちろん、ゴブリアやルフナみたいな魔物の仲間だな」

「はい」

リビアはいつもニコニコと楽しそうに俺の話を聞いてくれる。だから、話しやすい。

「ただ、今は色々と勝手が変わってきているからな。それに話ができるだけの知能を持ったワーウルフやゴブリンがいるし、そこまでは考えていないな」

「そうなんですね」

「でも、どうしてそんなことを聞いてきたんだ？」

「村から南に下った場所には色々と生活に役立ちそうな魔物がいましたので、仲間にして乳や卵などを回収できるようにするのもありかな、と思いまして」

リビアの言葉に驚く。

俺もまさに、そのことは考えていたのだ。

牛や鶏のような魔物を仲間に加えれば、生活で必要な食糧の確保もできるかもしれない、と。

なんなら、彼らを仲間にして、農畜でもしながらゆっくりと生活を楽しんでいこうとさえ考えていた。

「そうだな。いずれ、全部落ち着いたらそういうのもやってみたい」

酪農と呼ばれるものに当たるだろう。それだけののんびりスローライフを楽しめるようになればいいんだけど。

話をしながらもカメレオンカマキリを討伐していくと、ガチャのポイントがたまった。

これで今は１０００ポイントだ。ガチャ二十二回分のポイントが貯まったので、狩りを切り上げることにした。

「もう倒さなくて大丈夫だ。オルフェを探しに行こう」

「分かりました」

リビアとともにオルフェたちと合流する。

その時だった。

ゴブリアとルフナを見ると、彼らに魔物進化術が反応した。

ま、魔物進化術？　これまでまったく反応がなかったこのスキルが今こうして反応したことに驚く。

スキルを確認してみる。

どうやら、進化可能となったようだ。

「どうした、クレスト？」

オルフェが不思議そうに首を傾げて来た。

「ゴブリとルフナが進化できるみたいだ。してみるか？」

ゴブリアとルフナがこくこくと首を縦に振った。

そりゃあそうだよな。進化すればより強くなれるのだ。

進化することによるデメリットが現状ないしな。

「ゴブ！」

「ガウ！」

「お、落ち着け二人とも。まずはゴブリアからだ」

「ゴブー！」

「ガウ……」

ゴブリアは雄たけびをあげるように喜び、ルフナはがくりと肩を落としていた。

まずは、ゴブリアから進化をしてみようか。

どうなるのだろうか。少し気になっていた。

進化術を使用し、ゴブリアを進化させる。

その体が光を放つ。少ししてその光が収まると、少しだけ人間らしくなったゴブリアがいた。

やはりメスであることは間違いないようで、以前よりも女の子らしさが増したな。


『ゴブリア（ゴブリン）＋1　主：クレスト　力234　耐久力143　器用50　俊敏123　魔力20　賢さ40【ゴブリン術：レベル1】』

ステータスを見て、首を傾げる。

なんだこれは？

どうやら、ゴブリアは新しくゴブリン術というスキルを獲得したようだ。

「ゴブリア、ゴブリン術を使ってみてもらっていいか？」

「ゴブ！」

ゴブリアがゴブリン術を使っているのを見ながら、俺は鑑定でそのスキルについて調べてみた。


『ゴブリン術　ゴブリン種が使用可能な身体強化スキル』


なるほどな。

実際に使用したゴブリアの体は魔力によって僅かに光をあげていた。

どれほど能力があがっているのかは分からない。

ステータスに変化後の能力が反映されているわけでもないしな。

ただ、ゴブリアは滅茶苦茶喜んだ様子で体を動かしている。

たぶん、それなりに強化されているんだろう。

それを横目にしていたルフナが、俺の服をくいくいと引っ張ってきた。

どうやら、早く進化させてほしいようだ。

ルフナとゴブリアはお互いに仲良しであるが、同時にライバル意識もしているようだからな。負けたくないのだろう。

俺はすぐに、ルフナにも魔物進化術を使用した。


『ルフナ（ウルフ）＋１　主：クレスト　力１８０　耐久力１２５　器用89　俊敏２２０　魔力30　賢さ１００　【嗅覚術：レベル１】』


ルフナも新しいスキルを獲得したようだ。

ルフナが体に力をこめる。新しいスキルを早速試しているようだ。

俺も鑑定でスキルの効果を調べてみる。


『嗅覚術　ウルフ種が使用可能なスキル。より嗅覚を鋭くし、より広範囲を、さらに地中に埋まっているものなどもかぎ分けることが可能』


地中？　そう思った時だった。

ルフナが近くに進んでいき、地面を前足で掘り始めた。

そして、そこから引っ張り上げるようにしてアイアン魔鉱石を取り出した。

「ガルル！」

ルフナが見せびらかすようにこちらに持ってきた。

なるほどな。地中に埋まっている珍しいものも見つけられるかもしれないな。

「ありがとなルフナ」

頭を撫でる。相変わらずルフナはもふもふとしていて、心地良い。

それを見ていたオルフェとリビアが顔を見合わせていた。

「オレたちも早く進化して少しでも強くならないといけないいな」

「そうですね……それにしても、進化によってまさかスキルまで獲得するなんて。そんなことがあるんですね」

リビアの言葉に俺は首を傾げた。

「珍しいことなのか？」

「私は聞いたことありませんね。もしかしたら、クレスト様だからこそなのかもしれませんね」

「オレも同じく、聞いたことはないな。スキルは生まれ持ってのもの、という認識だからな」

「進化について確認したいんだが。例えば、ルフナがワーウルフに進化する、みたいなこともあるのか？」

俺が問いかけると、リビアがこくりと頷いた。

「聞いたことがありますね。まるで別の種族になるということもあったと思います」

そうなんだな。つまりリビアが今のような可憐な姿からムキムキになる可能性もあるってことだよな。

それはちょっと嫌かも。

「そういえば、俺たち人間はスキルを神から与えられたものだと言われているけど、亜人たちは誰に与えられているんだろうな？」

「私たちも神からスキルは与えられる、と聞いていますね」

つまり、神様はすべての生物に対して平等にスキルを与えているのか？

いや、あるいは――神様は亜人を害あるもの、と認識していなかったのかもしれない。

今こうして、俺は亜人たちと共に生活できている。

亜人だからといって、人間と共存できないわけではない。

今はそう納得しておこうか。

○

村へと戻ってきて俺は驚いていた。

村のゴブリン、ワーウルフたちも進化術が反応しているものがいたのだ。

魔物と戦闘を行い、食材を確保している者もいたからだろうか？

というか、彼らは俺のスキルでは『魔物』という扱いに入るんだな。

これまで、召喚術などが反応しているのだから、魔物で間違いないのかもしれない。

ただ、俺はリビアが話していたように亜人という方がいいな、と思えた。

とにかく、片っ端から進化させていくべきだろう。

新しいスキルが手に入るのももちろんだが、単純に戦力アップとなるからな。

ゴブリン十人、ワーウルフ十人に進化術が使えるようなので、色々とデータをとりつつ、進化させていくことにした。

まず、ゴブリンだ。

ステータスを確認しながら、進化前、後で確認していく。

進化をすると、ステータス的にはオール30程度は伸びているようだ。

また、個体ごとに得意不得意というのもあるようだ。

例えば、ルフナは敏捷が上がりやすいが、魔力は上がりにくくなっている。ゴブリアは筋力が上がりやすく、魔力が上がりにくいようだ。

それは種族的な問題ではなく、個体ごとによって違う。

ゴブリンごとにも筋力が上がりやすい者もいれば、魔力が上がりやすい者もいる。

そして、ゴブリンの多くは進化した際に、ゴブリン術を獲得していた。

だが、そのうち三体は別のスキルを獲得していた。

その三体は鍛冶術、格闘術、開墾術だ。

どうやら、ゴブリンたちも必ずしもゴブリン術となるわけではないようだ。

一定の確率で別のスキルが獲得できる。それが分かった。

皆獲得したスキルはレベル1だが、これからは村のことすべてを俺がやらなくてもいいということになる。

　スキルレベルはどうやって上げるのだろうか？　俺の場合は、ガチャで同じスキルを一定数集めることで上がるが。

「ちょっと、魔物狩りに行ってきます」

　俺が一通り進化術を使った時だった。リビアが笑顔とともにそんなことを言って村を飛び出した。

　きちんと、解毒用ポーションを持っていったので、まあいいか。

　次は、ワーウルフたちだ。

　こちらも情報を集めつつ、進化させていく。

　ステータスの上がり幅は、ゴブリンと変わらない。伸びやすいステータスについても同じだ。

　ただ、ワーウルフたちは、ワーウルフ術というスキルが発現した。

『ワーウルフ術　ワーウルフ種が使える身体強化スキル。特に、鼻を強化する』

　だそうだ。

　もしかしたら、すべての種族に術があり、基本的にそれを獲得することになっているのかもしれない。

　ワーウルフたちは四人ほど、別のスキルが発現した。

　料理術、仕立て術、栽培術、建築術だ。

　栽培術は俺の栽培とどう違うのか。

疑問に思った俺が鑑定を使いスキルを調べてみると、

『栽培術　質のよい植物などの栽培が可能。栽培術はあくまで補助的なものであり、栽培に比べ効果は薄い』

ということが分かった。

基本的に、『術』とつくものは強化具合が弱いようだ。

だから、俺もガチャで今後、栽培術を引き当てることもあるのかもしれない。

ワーウルフたちの進化を見ていたオルフェもまた、

「ちょっと魔物狩りに行ってくるな」

そういって、村を飛び出してしまった。

いや、もうすぐ暗くなるんだが。

まあ、オルフェもリビアもかなり強いからな。心配はないだろう。

とりあえず、別のスキルを獲得したゴブリン、ワーウルフたちに、スキルの使い方を教えていく。

「まず、鍛冶術だな。眼前に文字が出ていないか？」

「で、出ています！」

「その文字に従ってモノを作っていけばいいんだ。そうだな。クワをつくってみてくれ。素材が必要だから、注意してくれよ」

「は、はい！　えーと、アイアン魔鉱石と木が必要みたいですね」

「ああ、これを使ってくれ」

ルフナが見つけたアイアン魔鉱石を渡す。まあ、倉庫にまだまだあるのだが。

「わ、分かりました！　できました！」

眼前にクワが出現する。

それを見ていた周囲のゴブリンとワーウルフから、驚きの声があがる。

同時に、羨ましがるような声もあった。

クワを作ったゴブリンは笑顔であったが、どこか疲れた様子で息を吐く。

「大丈夫か？」

「は、はい。かなり魔力を消費してしまったようで、クレストさんはたくさん作っても問題なかったですよね？　凄いですね！」

「まあ、使っていれば強化されていくはずだ。同じものを作ったり、分解したりして、毎日少しずつ使っていけばいいさ」

「そうですね！　それで、このクワをどうするんですか？」

俺はクワを受け取って、別のゴブリンに渡した。

開墾術を持つゴブリンだ。

「それじゃあ、ついてきてくれ」

「分かった！」

元気よくゴブリンが頷く。

元々、畑として利用しようと考えていたスペースに案内し、ゴブリンに伝える。

「スキルを意識しながらクワを振り下ろしてみてくれ」

「分かった！　おお！」

この村に来てから俺は畑を作ってはいなかった。実例とともに皆に見せるとしよう。

どんどん土が掘られていく。

開墾術のおかげで、質の良い土ができ上がっていく。

ゴブリンは楽しそうにクワを振り下ろしていたが、途中で動きを止めた。

「つ、疲れた。結構、体内の魔力を使う」

魔力は魔法の威力や使用回数に影響がある。

俺は開墾術を使っても疲労を感じたことはなかったが、まだゴブリンでは大変なのかもしれない。

「ただ、これで畑はできた。よし、この種を使ってくれ」

俺は栽培術を持つワーウルフに果物の種と小麦を渡す。こくりと頷いたワーウルフが、種をまいていく。

種をまいただけなのだが、ワーウルフは舌を出し疲れた様子で息を吐いていた。

「魔力、結構使う」

「ただ、これでワーウルフとゴブリンの協力で、食糧の確保が可能になった！　今植えたのは十日程度で収穫できるみたいだから、種を回収して残りは食糧として利用すればいいんだ」

俺がそう言うと、亜人たちは目を輝かせた。

「おお！　やった！　魔物に頼らなくても良くなるんだ！」

「クレストのおかげだ！　ありがとう！」

ゴブリンとワーウルフが抱き合い、喜ぶ。

まあ、毎日魔物を狩って食糧を確保というのは不安定だからな。

料理術ができた今、小麦さえ回収できればパンの製作も可能になる。

さすがに、俺一人で全員分のパンを作るのは時間がかかるからな。

皆が嬉しそうに笑っている。

それを見ていると、俺も嬉しくなる。

まだ、スキルの説明を終えていない亜人たちが、期待するように見ていた。

残りも、教えていくとしようか。

残りは料理術、仕立て術、建築術か。

「そうだ。一つ忠告しておくと、同じ場所で何度も栽培をしていると土が疲労するんだ」

分かりやすい表現で伝えさせてもらった。ゴブリンは首を傾げる。

「土も、疲れるのか？」

「ああ。植物は土から栄養をもらって成長していく。だから、その土が疲れていると植物の味も落ちるんだ」

「なるほど」

「だから、そこで開墾術を使うんだ」

俺がゴブリンを見る。

「え？　どうしてだ？」

「開墾術には土を復活させる力もある。だから、果物、小麦の回収が終わったら開墾術で一度耕す必要がある。分かったな？」

「分かった！」

これで、ゴブリンとワーウルフだけでも食糧を作っていけるな。

「それじゃあ、次だ。料理術で小麦を使ってパンを作ろう」

「ぱ、ぱん？」

料理術を持っているワーウルフが首を傾げている。

「料理術を意識してみるんだ。そうしたら、目の前に文字が出るだろ？」

「お、おう！」

「それに従ってパンを作ってみてほしい。これが小麦になる」

倉庫に預けていた小麦と果物のエキスをワーウルフに渡す。ワーウルフは頷いてから、スキルを発動した。

そうすると、ワーウルフの手元にパンができ上がった。

モモナと組み合わせたので、僅かにモモナの香りがする。

ワーウルフは感動した様子でパンを持っていたが、やがて熱に気づいたようで、両手で熱をうまく逃がして持っていた。

「食べてみるといい」

俺も残っていた小麦と果物を用いて、大きめのパンを作り、一人一口程度食べられるようにちぎってみんなに渡していく。

「う、うまい⁉」

「な、なんだこれは⁉」

「これが、パンだ」

俺も一口食べる。うん、かなりうまいな。

一番最初に食べた手間暇かけたものに比べればさすがに味が落ちるが、それでも十分だ。

「ぱ……パン！」

「こ、これ毎日食べられるようになるのか⁉」

目を輝かせるワーウルフとゴブリンたち。

てっきり、彼らは肉とかの方が好きなのかもと思っていたが、案外気に入ってくれたようだ。

「それは、ゴブリンとワーウルフの頑張り次第だな。あと、今後も進化できるようになれば、こういった便利なスキルを獲得できるかもしれない。さすがに、料理術、開墾術も一人だけだと大変だからな。みんな、これからも頑張ってくれ」

皆は首が落ちそうなほどに全力で頷いた。

よっぽど感動的な味だったようだ。

残りは仕立て術と建築術だ。それを持っていた二体のゴブリンとワーウルフが期待するようにこちらを見る。

「仕立て術は――」

そこから、仕立て術と建築術を教える。

ゴブリンたちはあまり仕立て術には感動しなかったようだ。みんな、別に衣服は気にしていないようだったからな。

ただ、一部のワーウルフのメスからは嬉しそうな声が聞こえた。そういった感性もあるようだ。

「案外、おしゃれとかもするのか？」

「ちょーありますよー、クレスト様。私たち女子だしー」

「ねー」

だそうだ。

一部は気に入った、というところか。

最後は建築術だな。用意されていた木材で、建物を一つ作ってもらった。

「おお！　こんなのが作れるのですか！」

建築術を使ったワーウルフが目を輝かせ、こちらを見てくる。

「遠くにいった時に、拠点を作れるようになる。かなり使いやすいぞ」

「そ、そうですね！」

もちろん、素材の用意は大変だけどな。

俺としては、一番助かるスキルだな。

例えば、村を守るための壁を作ったのだが、その時は一人で位置を調節しながら作っていった。

結構大変だったからな。それを二人で分担できるようになれば、話が変わってくる。

みんなはそこまでピンとは来ていないようだが、俺は嬉しかった。

「それにしても、クレスト様ってやっぱりすげぇな！」

「本当だよ！　ついてきて良かった！」

「さすが我らの首領だ！」

あまり、持ち上げられても困る。

俺の最終目標は、誰か別にリーダーシップを発揮できる人間に任せ、のんびりスローライフを送ることだからな。

楽しそうにしている亜人たちを横目に、俺は、改めて自分のステータスを確認する。

やっぱり、あがっているな。

俺のステータスは、進化を始める前はすべて３１０程度だった。

俺にも得意不得意はあり、多少数字は前後している。今の俺のステータスは、力３７０、耐久力３４５、器用３２８、俊敏３５４、魔力４１２と跳ね上がっているのだ。

召喚士の力はかなりのものだ。

仲間が増えるだけで俺自身の強化にも繋がるんだからな。

こんな、楽にステータスを強化できるのなら、さらに仲間を増やしたいと思えた。

「それじゃあ、今日の夕食は料理術を覚えた彼女にやってもらおうか。料理術を持っていると、普通の料理もうまくなるからな」

俺がワーウルフをちらと見る。

皆が期待するように夕食の場を整え始める。

俺もワーウルフに料理を教えながら、一緒に鍋料理を作る。

野菜と肉を混ぜて完成だ。これだけ大人数だとやはり鍋が一番楽でいい。

味付けなどは料理術がなんとなく適量を教えてくれる。

まあ、あくまで人間である俺にとっての適量だ。それでも、ゴブリンやワーウルフから苦情が出たことはないので、そこまで味覚は違わないようだった。

出来上がった鍋をゴブリンとワーウルフたちに振舞う。

「ああ、うめぇな！」

「クレストさんが作る時の料理がいつもよりうまく感じたのは、料理術が関係していたんだなぁ」

「クレストさん、何でもできるしすげぇな」

皆がバクバクと食べていた時、リビアが戻ってきた。

「すみません、遅くなってしまって」

「いや、別に大丈夫だ」

「ど、どうですか？　結構遠出して魔物を倒してきましたが進化できそうですか？」

期待するような目を向けてくる。

試しに彼女を見てみたが、

「まだみたいだな」

「そうですか」

しゅん、と元気なく彼女は顔を俯かせた。

遅れて戻ってきたオルフェも、同じく進化できず、耳がぺたんとたれてしまった。

空もすっかり暗くなり、俺は部屋で休んでいた。

明日からのことを考えていた時、リビアがやってきた。

「今お時間よろしいですか？」

ひょこりと顔を出したリビアに、俺は頷いた。

「どうしたんだ？」

「ゴブリンとワーウルフたちに聞きました。村にできていた畑は、ゴブリンとワーウルフたちで作ったものなんですよね？」

部屋へと入ってきた彼女は後ろ手で扉を閉めながら、こちらへと近づいてきた。

「そうだな」

「両者とも感謝していました。クレスト様が丁寧に教えてくれた、と。これからは頑張って量産して、ぱん、とやらを作りまくる、と。ぱん、とはなんですか？」

そういえば、リビアにはパンを見せたことはなかったか。

「小麦で作れるふわふわとした食べ物だな。それなりにお腹を満たしてくれるし、果物と合わせて色々な味が楽しめるんだ」

「そうなのですか？　私も食べてみたいですね」

「小麦ができれば、飽きるほど食べられるな」

「わぁ、楽しみです」

「果物以外にも、卵やチーズと合わせてもおいしいんだ」

卵を焼いて挟むだけでも美味しい。

それに、パンにチーズをのせたトーストなんて最高だ。

チーズがうまく溶けて、滅茶苦茶美味しいのだ。

思いだしたら、腹が空いてきてしまった。ただ、チーズや卵だって、料理術を見る限り手に入れることは可能だ。

「それらはどのようにすれば手に入るのでしょうか？」

「ファングカウやヘビーコケッコからか。けどまだ、彼らを育てるための食糧がそこまでないからな。それらを含めた準備ができ次第、仲間にしたいな」

「難しいのですね」

「そうだな」

格闘術を手に入れたゴブリンもいるしな。

本人はまだ何の効果も発揮しなかったため、少し悲しんでいるようだったが、いずれ働いてもらうことになるだろう。

　お互いにこれからについての夢を馳せていた時だった。リビアが目を輝かせ、こちらを覗いてくる。

「そういえば、ガチャはもう回されたのですか？」

「まだだな」

「それでは、見せていただいても良いですか？」

　どうやらリビアもガチャの魅力に取りつかれたようだ。

　それじゃあ、ガチャを回すとしようか。

　今回は二十二回ガチャを回せる。

「楽しみですね」

「ああ」

　俺としては、もうだいたいのスキルは見覚えがある物だったが、リビアにしてみればまだすべて新鮮なようだ。

　俺もここ一ヵ月ほどでこの異常なスキルにも慣れてしまったものだ。

　リビアが俺の方に体を寄せてくる。小さな彼女の肩が俺の体に触れる。

　僅かな温かさと彼女の香りが鼻孔をくすぐる。

　あまり意識しないようにしながら、俺はガチャを回していった。

　宝箱が出現し、それぞれの玉が中から現れた。

最初の十一回ガチャは銅色六つ、銀色三つ、金一つ、虹一つだ。

「むむ、これはあんまり良くないですか？」

「そうだけど、まあこれからだな」

最近はステータスが跳ねあがっていることもあって、銅色でも嬉しい。

生活に困っていた四月は、ハズレだと思っていたが今では一番のあたりではないかとさえ思っている。

まずは銅色からだ。

《銅スキル》【力強化：レベル1】【力強化：レベル1】【耐久力強化：レベル1】【器用強化：レベル1】【俊敏強化：レベル1】【魔力強化：レベル1】

まあ、無難だな。

「とてもたくさんのスキルですね。またクレスト様が強くなりますね！」

「そうだな」

「それに、次の銀色のスキルから、大事になるんですよね」

「ああ」

リビアも俺のガチャについて覚えてきたようだ。両手をあわせ、祈ってくれている。

銀色を確認していく。

《銀スキル》【格闘術：レベル１】【釣り術：レベル１】【回復術：レベル１】

「これはどうなんですか？」

「かなりハズレの方だな。回復術くらいは使えるけど」

「確か、傷とか、魔力とかの回復が早くなるんでしたっけ？」

「ああ。擦り傷などは寝れば治る程度にはなったな。今後、レベルが上がれば大怪我を負っても回復するようにはなるかもしれないけど、今はそこまで恩恵は感じてないかな」

がっくり、といった様子でリビアが肩を下げた。

次は魔法である金だ。

そのガチャ結果は。

《金スキル》【土魔法：レベル１】

「土魔法、か」

「悪くはないですよね？」

「そうだな」

俺の返事を聞いたところで、リビアが申し訳なさそうに目を伏せる。

「ちょっと気になったのですが、私がいるともしかして悪くなってますか？」

「そうでもないぞ？　まあ、だいたいいつもこんなものだ」

リビアが本気で落ちこんでしまったので、慌てて訂正する。

だいたいいつもこんなものなんだよな。

全体で見れば、そこまで悪くない。

リビアを元気づかせるためにも、俺は虹を確認する。

頼むぞ、ガチャ！　リビアを笑顔にできるようなスキルを頼む！

《虹スキル》【召喚士：レベル1】

「余った」

「そ、そうなるとどうなるのですか？」

「今のところ、使い道はないな」

「私、外に出ていましょうか？」

「いやいや、大丈夫だって。いずれはこうなると思っていたしな」

慌ててそういったが、リビアはあまり元気がない。

さ、さっさと次に行こうか！

俺は急いで、次のガチャを回す。

そして、十一回分のガチャを回した。

まずは、銅スキルからだ。

《銅スキル》【力強化：レベル1】【耐久力強化：レベル1】【器用強化：レベル1】【魔力強化：レベル1】

ここは特に大きな変化はない。

俺はリビアをちらと見ながら、次の銀スキルを確認していく。

《銀スキル》【開墾術：レベル1】【格闘術：レベル1】【建築術：レベル1】

「新しいスキルなどは出ませんね」

「だけど、建築術は便利だからな。これはかなり良い方だ」

「そ、そうですか？」

「ああ！」

大げさぎみに言って俺は次の金スキルを確認する。

そろそろ、良いスキルが出てくれればいいのだが。

《金スキル》【火魔法：レベル１】【水魔法：レベル１】【付与魔法：レベル１】

「おっ、付与魔法が出てくれたな。リビアのおかげかもしれないな」

「ほ、本当ですか？」

「ああ、きっとそうだ」

付与魔法は出にくいスキルでもある。

リビアを元気づけるように言うと彼女の表情も明るいものになっていく。

最後の虹スキルだ。これでレベルＭＡＸ以外のスキルが出てくれれば！

《虹スキル》【魔物使役：レベル１】

こ、これは！

「や、やった！　このスキル欲しかったんだよ！」

「良かったですっ！」

これでまた召喚士が余ってしまっていたら大変だったな。

とりあえず、スキルのレベルアップを行っていく。

《銅スキル》【力強化：レベル６（３／６）】【耐久力強化：レベル５（１／５）】【器用強化：レ

ベル5（2／5）】【俊敏強化：レベル5（1／5）】【魔力強化：レベル5（4／5）】
《銀スキル》【剣術：レベル4（1／4）】【短剣術：レベル2（1／2）】【採掘術：レベル2】【釣り術：レベル3】【開墾術：レベル2（1／2）】【格闘術：レベル3】【料理術：レベル2】【鍛冶術：レベル2（1／2）】【仕立て術：レベル2（1／2）】【飼育術：レベル2】【地図化術：レベル2（1／2）】【採取術：レベル2】【槍術：レベル2】【感知術：レベル2（1／2）】【建築術：レベル2】【魔物進化術：レベル2】【回復術：レベル2】
《金スキル》【土魔法：レベル4（2／4）】【火魔法：レベル5（1／5）】【水魔法：レベル4（1／4）】【風魔法：レベル3（1／3）】【付与魔法：レベル3】【光魔法：レベル2】
《虹スキル》【鑑定：レベル3（MAX）】【栽培：レベル3（MAX）】【薬師：レベル3（MAX）】【召喚士：レベル3（MAX）】【魔物指南：レベル2】【魔物使役：レベル3（MAX）】
《余りスキル》【鑑定：レベル1】【薬師：レベル1】【召喚士：レベル1×2】

これで、あとは魔物指南だけだな。魔物指南を二つ当てるまで、あとどのくらいかかるだろうか。

ガチャはこのくらいにして、俺はリビアを見た。

「リビア、他にも何か話があるのか？」

「あの、今日も隣で寝てもよろしいでしょうか？」

恥ずかしそうに体を揺すり、上目遣いにこちらを見てきた。

「別に、いいけど」

むしろ、お金を払わなければ普段は体験できないような状況なのだ。

是非ともこちらからお願いしたいくらいなのだ。

「そうですか？　それでは一緒に寝ましょう」

嬉しそうにリビアが微笑む。

「分かった。もう寝るか？」

「はい」

俺は部屋の明かりを消してから、ベッドに入った。窓からは月明りが入ってくるので、真っ暗ということはない。

下心は多少なりともあったが、リビアはただ添い寝を希望しているだけ。

決して邪な態度は表に出さないように努めた。

前にリビアとは一緒に寝ているとはいえ、それでも未だ緊張はなくならない。

恥ずかしさがあったため、俺が彼女に背中を向けると、つんつんとつつかれた。

「お顔を見せてください。クレスト様のお顔が見たいんです」

「……別に、見ていて楽しいものでもないだろ？」

「楽しむものではありませんよ。ただ、安心できるのです」

そういわれると、背中を向けている俺が意地悪でもしているようだった。

彼女の方を見ると、嬉しそうに頬を染めた。

「抱きついて眠ってもよろしいでしょうか？」

「あ、ああ」

それこそ、背中を向けたかった。

リビアに返事をすると、彼女は嬉しそうに抱きついてきた。初めはそっと。だけど次にはある程度力をこめてだった。

別に痛いということはない。彼女の感触を確かめるようなその力加減に、俺はどきりとした。

リビアの足がすっと絡んでくる。そうすると、リビアは落ち着いたような顔になった。

逆に俺の心臓はバクバクと高鳴っていた。前よりも密着度が増しているからだ。

ああ、くそ。これで眠れるだろうか？　体に疲労感はあるので、それに任せるしかなかった。

○

数日が経過した。

果物や小麦などを回収し、さらにまたそれらの栽培を繰り返している。

また、村内に造った訓練施設――というか確保した土地でひたすらに鍛錬を行っていった。

新しく何かをするというよりも、こういった基礎固めに重点を置いていた。

いつ、北のワーウルフがこちらへ攻め込んでくるかも分からないからな。

万が一を考えれば、新しく何かをするよりも今ある戦力の強化に重点を置いた方がいいだろう。

俺が新しく製造した鉄製の剣を持つワーウルフたちと向かい合い、剣を振っていた。

「駄目だ、まだまだ魔力を意識できていない、次！」

斬りかかってきた一体のワーウルフをあしらい、次の訓練者を呼ぶ。

次はゴブリンだ。

ゴブリンは魔力を高めていく。水属性の魔力だ。水剣流だろう。

ゴブリンの集中力が高まっているのが分かる。それを妨害するように、俺は魔法で攻撃を行っていく。

ゴブリンは全身に魔力を流し、集中を維持している。

今やっている訓練は、自身に適した魔力の把握、またそれの使用、維持、強化だ。

ステータスの強化も大事だが、こういった技術的な部分での強化も大切だからだ。

ただ、闇雲に無属性による強化を行うよりは、自分に適した属性で肉体を強化した方が断然効果は上だからだ。

ゴブリンの集中をかき乱すように魔法を放っていくが、ゴブリンはそれをかいくぐる。

そして、俺へと一気に迫り、剣を振りぬいてきた。

俺も剣を抜き、受け止める。お互い刃のある剣だ。気を抜けば、確実に怪我をする状況――それが俺にとっての訓練にもなる。

ゴブリンにしろ、ワーウルフにしろ、俺とのステータス差は圧倒的だ。

普通にしていれば俺が負けることはない。

だが、気を抜けばやられる。自分の命をぎりぎりの場所に置いておくことが、成長につながる。

ゴブリンの体を払うように剣を振りぬくと、ゴブリンは地面を転がった。

「よく集中できているな。その調子で繰り返していけば、魔力変化、強化もできるようになるはずだ」

「はい！」

その調子で、俺は次のゴブリンを呼ぶ。

剣を振りながら、考えていく。ステータスはこういった鍛錬でも上がるのはすでに分かっている。

ゴブリンやワーウルフを鍛えているのだが、俺の場合は自分のステータスにも関わってくる。

他の人の倍以上の速度で成長できるというのは、便利すぎるな。

俺も相手にあわせて魔力変化の訓練を行っていく。

ゴブリン、ワーウルフたちはそれぞれ得意な属性がまるで違う。

だから、体内の魔力を切り替えるという訓練にもなる。

軽く息を吐き、汗を拭う。

休みなく動いていると、さすがに体への疲労も蓄積してくる。

ゴブリン、ワーウルフの全員は新しい剣に慣れてきたな。

逆に、リビア、オルフェは俺が付与魔法で強化した少し良い剣になっている。そこは配慮した形になっている。

そもそも二人の村への貢献度は大きいしな。付与した剣を与える際にも、特に不満などは出なかったしな。

「ああ、くそ！　クレストさん、滅茶苦茶強いな」

「そりゃそうだろ。だって、リビアさんとオルフェさん二人がかりで戦っても勝てるか分からないんだぜ？」

「ほらほら、泣き言言ってんなよ。きちんと強くなって、次の戦で活躍してオレたちも良い武器を造ってもらおうぜ」

嬉しそうな様子で、皆が武器への思いを語ってくれている。

どうやら、俺のご褒美作戦は成功したようだな。

これは上界を参考にさせてもらった。

上界では活躍したものに領地などの褒美を与えている。だから、もしも北のワーウルフとの戦になった時、皆がやる気を出せるように褒美として武器の贈呈をと考えたのだ。

いや、まあみんな生活かかっているので、やる気を出してもらわないと困るんだが、こうして見える形で残してやった方がより力を引き出してくれるはずだ。

亜人たちにとって、武器の報酬は中々のご褒美となるようだ。

ただ、今回はその報酬で良いとしても、これから先どうするかだな。

今はまだ武器で納得してくれるだろうが、毎度のように武器は用意できない。

通貨がないから、現金の支給もできないし。いっそのこと、お金みたいなものを用意するのもありなのか？　もっと大きな村となり、それが複数あればお金などもありだと思うが、まだ今じゃないよな。

そんなことを考えながら、俺は斬りかかってきたワーウルフを剣で弾いた。

彼はまだまだこのワーウルフたちの中では弱い方だった。

だから、俺は彼に声を張り上げる。

「それぞれ、オルフェ、リビアをそして、自分の大事な者を守る強さが必要なはずだ！」

ワーウルフがこくりと頷き、立ち上がる。

「はい！　オレたちワーウルフを救ってくださった、クレスト様の剣となりたいです！」

「い、いや俺よりはオルフェやリビアを――」

ワーウルフに続くように、ゴブリン、ワーウルフたちが立ち上がり、声をあげた。

「俺もだ！　もっと強くなって、あなたを守れるくらいに！」

「私もです！」

「もっと訓練を！　お願いします！」

熱血だな。

俺は別に鬼教官というわけではない。

というかむしろ、そういう教官は苦手な方だったんだがな。

「それじゃあ、次はオレの指導をお願いしようかな」

と、外に魔物狩りへ行っていたはずのオルフェがこちらへやってきた。

彼はどこか勝気な笑みを浮かべ、腰に差した剣へと手を伸ばしていた。

「オルフェ、戻ってきていたのか？」

「ああ。ここ数日、魔力変化の訓練を行い続けた。その成果を見てもらおうと思ってな」

彼の纏う空気は真剣そのものだ。先程までのように、他のことを考えながらでは難しいだろう。

「来い！」

「ハァ！」

俺の一声に合わせ、オルフェが大地を蹴った。

一瞬で俺との距離を詰めてくる。彼の属性は火だ。火属性では特に攻撃に重点を置いた剣術が特徴的だ。相手の攻撃に対して、より強い攻撃を行い相手を破壊する。

それが、火剣術だ。

凄まじい加速とともに振りぬかれた一撃を、俺はかわした。

だいぶ、火属性魔力に慣れて来たようだな。

オルフェの体に流れる魔力を感じ取ってみる。

まだまだ魔力のバランスが偏っている部位も多くあるが、それでも比較的全身にうまく流れているのが分かる。

そうして、彼の動きを観察し――生まれた隙へと踏み込んだ。

「なっ⁉」

彼の剣を弾き飛ばし、彼に笑みを向ける。

オルフェは一瞬驚いたような顔になったが、すぐに嬉しそうに微笑んだ。

「さすがにまだまだ敵わない、か」

「それでも、かなり腕は上がっている。この調子で訓練していればいいんじゃないか？」

「そうか、ありがとな」

オルフェとの戦いを終え、それから周囲を見る。

「やっぱり、クレスト様は強いな」

「本当にな。って、驚いてばかりもいられないな！」

「ああ！　クレスト様の力を借りなくても戦えるくらいにならないとな！」

「クレスト様、次はオレと手合わせ願います！」

まだまだ、休めそうにないな。

指導を終えた俺は、訓練場が見える場所に設置されたベンチに腰掛けた。

それに腰かけたところで、オルフェがこちらへとやってきた。

手には木のコップが握られている。

恐らくは最近村で流行っている果物ジュースだろう。

「オレンジジュースとグレープジュース、どっちが好きだ？」

「オレンジイで頼む」

料理術を手に入れたワーウルフに店を用意したところ、自分でこのジュースを作るようになったのだ。

作業などの合間で喉が渇いた人は、ワーウルフの店に行ってジュースをもらうようになっていた。

「訓練、かなり順調に進んでいるな」

オルフェが訓練場を見て、口元を緩めた。

「そうだな。これで、いつワーウルフが攻め込んできても何とかなるかもな」

「ああ、なるだろうさ。少なくとも、オレが知っている北のワーウルフたちよりもずっと強くなっているさ」

ふっ、とオルフェは微笑み、どこか悲しそうに目を伏せた。

「ワーウルフたちは南に下ってくると思うか？」

「ああ、間違いなくな」

オルフェは断言した。

「必ず、でいいのか？」

「ああ、必ずだ。北のワーウルフたちが暮らしている村のさらに北には、もっと強い亜人たちがいる。何度か、村へと脅しに来たものたちもいるからな。だから、戦力強化のためにも必ず、ワーウルフたちは南へと下り、仲間を増やそうとするはずだ」

「力で、か」

「恐怖でだ」

恐怖、か。

力で脅し、自分の言うことを聞かせるのだろう。

スライム族が受けた仕打ちを考えれば、その光景はありありと想像できた。

と、俺はオルフェの表情に気づいた。どこか悲痛そうな彼に、問いかける。

「北のワーウルフたちと戦うのは辛いか？」

俺の言葉にオルフェは一度驚いたようにこちらを見る。それから、顔に手をやり、苦笑する。

「そうだろうな。確かにオレを裏切った奴らもいる。だが、兄に従うしかなかった奴らもいるだろうな」

「そうか。そういう人たちは助けられればいいんだがな」

「助ける、つもりなのか？」

「できるのならな。仲間は多い方がいいだろ？」

「そうか？」

「ああ、楽しいじゃないか」

俺が冗談めかしてオレンジジュースを口に運び、笑う。

実際、仲間が多い方が俺はいいと思っているしな。

食糧の問題などは出てくるが、現状スキルの「栽培」と土地さえあればそこまでの問題にはならないからな。

オルフェは小さく息を吐き、グレープンジュースへと視線を落とした。

「兄は……優しく、強い人だった」

「そうなのか？」

オルフェの話や他のワーウルフたちの話では、酷い兄だと思っていた。

オルフェの口から語られた言葉に、驚きが隠せなかった。

「ああ昔は、な。兄は……もしかしたら、少しずつおかしくなっていたのかもしれない。はっきりと、いつ狂ってしまったのかは分からないが、オレはずっと兄の下で、兄とともにこのワーウルフたちを守っていくんだと思っていたくらいだ」

「そうなんだな」

オルフェは深いため息をついてから、ベンチの背もたれに体重を預けた。

「昔は仲の良い兄弟だったさ。どこで狂ってしまったのだろうな」

「仲の良い、兄弟、か」

俺はあまり兄弟という言葉が好きじゃなかった。

俺にとって、家は落ち着ける場所じゃなかった。皆敵みたいなもので、家になんていたくはなかった。

——母さんはおまえが殺したんですよ。

――母さんじゃなくて、おまえが死ねば良かったんですよ。

四男であるリオンの言葉を思い出し、胸が苦しくなる。

リオンは俺が一番言われて嫌だった言葉を、平気で言うような奴だった。

俺は母さんの声を聞いたことはない。姿だって見たことはない。

家に飾られた絵の中でしか母を知らない。

だって、俺が原因で母さんは死んでしまったのだから。

「もしも、やり直せればいいのにな」

そうすれば、もしかしたらすべて変わっていたのかもしれない。

俺と、家族との関係も――。

エリスやミヌたちとの関係も――。

いや、やめよう。考えても無駄なんだ。

今を全力で生きる。この下界に落とされた時にそれに似た決意をしたんだから。

「そうだな。過去にもどれるのなら、兄が一体どこで狂ってしまったのか。その前へと戻れれば、
オレは全力で兄を止めたのに、な」

オルフェは真剣な眼差しでこちらを見る。

「クレスト。もしも北のワーウルフと戦う時は、オレに兄と戦わせてほしい」

「大丈夫、か？　兄を、殺すことになるのかもしれないんだぞ？」

「ああ。せめて、弟として家族のケジメはつけさせてもらう」

オルフェのまっすぐな目を見て、止めることはできなかった。

「分かった。兄については、おまえにすべて任せる。だから、負けるなよ」

「もちろんだ。我らが首領に恥をかかせることはしない。クレストの剣として、立派に務めを果たそう」

オルフェがにかっと気さくに笑ってみせた。

オルフェと彼の兄――。そして北のワーウルフたち。

もしも、やり直すチャンスがあるのならどうにかしてやりたいものだな。

第5話 「襲撃」

✖✖✖

次の日。

村での訓練を行っていた時だった。

村の門付近が騒がしくなり、俺は一度訓練を中断した。

そちらへと視線を向ける。ワーウルフの一体が肩を貸してもらいながら、こちらへとやってきていた。

見ればそのワーウルフは狩りが得意なメンバーだ。

まさかそれが怪我をして戻ってくるなんて思ってもいなかった。

「大丈夫か!?　何があった！」

真っ先に駆け付けたワーウルフが声を荒らげる。

俺はワーウルフの傷を見て、思わず眉根を寄せる。

何かしらの武器で傷つけられたように見える。

剣、あるいはそれに近い刃物だ。

「お、オルフェ様……ここから西に行ったところ、オレたちの村があった場所に、ワーウルフたちが、いたんだ」

彼は声を絞り出しながら言う。

俺は用意したポーションを彼に渡しながら、別の無事なワーウルフへと視線を向ける。

彼らは慌てた様子で、声をあげた。

「北のワーウルフたちだ！　相手は三人で……そんでまあ、オレたちも恨みはあったけど、さすがに手を出したらクレスト様たちにも迷惑がかかると思って逃げようとしたんだ。けど、気づかれちまってな」

「それで、負傷したのか？　けど、よく逃げられたな」

オルフェが腕を組み、眉間を寄せる。

いや、逃げきれたんじゃないだろうな。

ここまで一人を追い込めるだけの力があったのだ。

何の理由もなく、見逃すとは思えない。

「オルフェ、リビア、すぐに西門に向かうぞ」

「ど、どうしたクレスト？」

まだ困惑した様子のオルフェが俺についてくる。

「奴らはわざと彼らを逃がしたんだろう。俺たちの拠点を突き止めるためにな」

「まさか！」

驚いた様子で声をあげ、オルフェがすぐに鼻を引くつかせる。

俺も感知術を発動すると、外に三つの反応があった。

魔物に近いが、魔物ではない反応。間違いない、亜人の反応——北のワーウルフたちだろう。

即座に動き出し、門から外へと抜ける。

敵のワーウルフたちも気づいたようで、すぐに北へと走り出す。

速度はそれほどではない。時間をかければ追いつけるだろう。

「いたぞ！」

「よく、見つけられましたね、クレスト様」

「感知術のおかげだ。慎重に追うぞ」

これが罠でないことを確認しながら、進んでいく。もしも周囲に他の亜人の反応があれば引き返す。

そんなつもりで追いかけていると、ぴたりとワーウルフたちが立ち止まった。

俺たち三人はワーウルフと対面する。屈強な肉体を持つ三体の亜人たちだ。

「おう、落ちこぼれのオルフェじゃないか」

にやにや、とワーウルフたちが口元をゆがめる。

ぴくりとオルフェが反応する。しかし、リビアが片手を向けると、オルフェも小さく頷いて深呼吸をした。

俺が一歩前に出て、ワーウルフたちに声をかける。

「おまえたちは北のワーウルフだな」

「ああ、そうだ。それがどうした人間」

「落ちこぼれは、人間のペットにでもなったのか？」

「それは滑稽《こっけい》だな」

ワーウルフたちが侮辱するように笑うが、オルフェは何も言わずに腕を組んでいた。

思っていた以上に冷静だな。

「俺はおまえたちと争うつもりはない。同盟を結べるのなら、同盟を結ばないか？」

無理に敵対するつもりはない。

ワーウルフやオルフェたちは思うところはあるだろうが、それでも穏便に済むのならこれが一番だろう。

オルフェも黙ってワーウルフたちを見ている。

俺の言葉に、ワーウルフはぷっと笑った。

「人間が首領を務めるような集団に、オレたちが加わると思うか？」

「ふざけたことをぬかすなよ」

ワーウルフが笑みを浮かべた次の瞬間だった。

彼が大地を蹴り、こちらへと迫ってきた。

――速い。

俺の想定以上の速度だった。ワーウルフの振り下ろされた剣を、俺は寸前でかわす。

同時に剣を抜く。ほか二体のワーウルフたちも斬りかかってくる。

だが、こちらも一人じゃない。

リビアとオルフェに任せ、俺は目の前に集中した。

振りぬかれた剣をかわす。反撃に剣を振り上げると、すでにワーウルフはかわしていた。

しかし、その顔には焦りが張り付いていた。

俺がさらに剣を振りぬくと、ワーウルフはかわしきれなかったようだ。足を軽く切りつけ、ワーウルフが痛みを抑えるような声とともに大きく背後へと跳ぶ。

ちらと視線を向けると、リビア、オルフェもまたワーウルフを圧倒していた。

「何が、どうなっていやがる⁉　オレたちは強くなっているはずなのに！」

困惑した様子でワーウルフが叫んだ。

俺は一歩踏み込み、彼らにもう一度問いかけた。

「同盟を組むつもりはないんだな？」

「当たり前だ！　オレたちは、おまえをぶっ殺して……首領への手土産にするんだよ‼」

そういった次の瞬間だった。

彼らは一つの石を取りだした。

……魔石、か？　彼らはその魔石を口へと放り込み、飲み込んだ。

「な、なんだこれ――」

「ぐ……アアア⁉」

ワーウルフたちは悲鳴にも似た声をあげる。まるで、自分の体に起きる現象を理解していないかのようだった。

彼らの言葉は聞き取れないものへと変わり、その体が脈動する。

次の瞬間、彼らから力が溢れでた。

筋肉がはちきれんばかりに膨れ上がっている。

こちらを見据える両目に、理性の色はない。

「オルフェ、一体なにがどうなっている？　あの魔石はなんだ？」

「いや、オレも見たことはない。奴ら、一体何を――」

オルフェも知らないということは、ワーウルフ族が持つ秘術などではないということか。

「ガアア！」

もはや、亜人ではない。魔物の力を限界まで引き出した。そんな様子だった。

魔物と化したワーウルフたちが、こちらへと迫ってきた。

先程よりも速い。

俺は斬りかかってきたワーウルフの剣を受け止めた。

確実に重くなっている。

だが、それ以上にワーウルフの異常さに目がいく。

白目で牙をむき出しに、唾液をだらだらとたらしている。完全に正気を失っている。

振りぬかれた剣に、こちらも剣を合わせる。

その力の向きを変えるように横へと流した瞬間、ワーウルフは剣を捨て、噛みついてきた。

マジかよ……っ。

完全に獣と化した攻撃だ。鋭い牙に剣を当て、眼前まで迫ったワーウルフを押さえる。

「……ハァ！」

声を上げながら、蹴り返す。

吹き飛んだワーウルフを追いかけ、その足を切り裂く。それで動けなくなる、はずだった。

俺の予想を上回るように、ワーウルフはそれでも両腕で地面を殴り、こちらへぶっ飛んできた。

なんて執念だ！

鋭く伸びた爪が俺の眼前へと迫る。

俺は即座に身をかがめ、攻撃をかわす。頭上を通過しようとしたワーウルフに、回るように剣を振りあげ、切り裂いた。

ワーウルフは血をだらだらと流し、それでようやく動かなくなった。

ちらと、オルフェとリビアを見る。二人も苦戦はしているようだったが、ちょうど二体を倒したところだった。

息はあるようだ。

ポーションで治療でもしなければ動けないだろう。

それでも、まだ意識のあったワーウルフたちは唸り、声を響かせる。

下手な魔物よりも、凶暴だ。

一体、何がどうなっているんだ？

「さっきの魔石が原因なのは分かるが、これではまるで魔物じゃないか」

理性を戻させる方法も分からない。

鑑定を使っても、ワーウルフの体内までは把握できない。

あの魔石を使う瞬間を見ることができれば、分かったかもしれないが、今さらそんな話をしていても仕方がない。

「そう、ですね。ワーウルフたちが皆あの魔石を使用できるのなら、非常に危険ですね」

実際に交戦した俺たちがそれはよく分かっている。

仮に、北のワーウルフたちの数が俺たちと同じであれば、あの魔石を使われた時点で俺たちが一気に不利になる。

スライム族と同盟を結べなかった、とか言っている場合ではない。

「オルフェ。あの魔石について、何も分からないか？」

「ああ、すまない」

「いや、謝る必要はない。分からないのなら、あれを使われても戦えるように立ち回るしかない」

それとも、スライム族はあの魔石について知っているのか？　とにかく、もう一度話をするべきだな。

「どうするんだ？」

「スライム族の村に行き、あの魔石についての話をした方がいいだろう。知らずに対応するのは難しいはずだ」

俺はまだわめいていたワーウルフをちらと見る。

彼らには知性があった。だから、殺したくはなかった。

だが――放置していればどうなるか分からない。

それに、この傷だらけの状態で放置していたとしても、ただ悪戯に痛みを長引かせるだけだろう。

俺は腰に戻した剣の柄へと手を伸ばす。

「殺した方が、いいか？」

「だと、思いますね。クレスト様が難しいのであれば、私が――」

「いや、ここはオレにやらせてくれ。こうなったのはすべてオレの責任だ」

俺は唇をぎゅっと噛んだ。

それを他者に任せるつもりはない。

「いや、俺がやる」

俺は柄を一度強く握りしめ、それから剣を抜いた。

一人ずつ首を落とし、俺は小さく息を吐く。

魔物を殺すとのはまた別だ。

先程まで話をしていたこともあり、俺は彼らを人間だと認識してしまっていた。

血を払ったあと、剣を鞘へとしまう。

そんな俺の肩を、柔らかな手が叩いた。振り返れば、リビアがいた。

「クレスト様、そう気にする必要はありません」

安堵させるための声だった。しかし俺は、首を横に振った。

「いや、気にさせてくれ。俺はただの人殺しになりたくない」

殺すことにためらいを持たなくなれば、完全に狂ってしまうだろう。

俺は死体をちらと見て、ワーウルフが持っていた一本のぼろい剣を持ち上げ、村に向けて歩き出す。

「村へ急いで戻り、全員に状況の共有を行おう」

「はい、分かりました、クレスト様」

「ああ、急ごう」

リビアとオルフェが頷き、俺たちは村目指して歩き出した。

「とりあえず、逃がさなくてよかったな。あのままでは、オレたちの正体が敵に知れ渡っていただろうしな」

オルフェの言葉に、頷く。

「ただ、拠点の位置はある程度バレているんだろうな」

「どういうことだ？」

「北のワーウルフたちが戻ってこないとなれば、この辺りに何かがいるっていうのは分かるだろ？」

「そうか。だから、いずれはバレてしまう、ということか」

「そうだ。あとは相手がどれだけの判断をするかだ。この辺りに、ワーウルフがいるのを確定として軍を動かすのか……それとも、先にスライム族へと攻め込むのか」

相手がどういった情報を持っているかが分からない。

スライム族がどこにいるかを分かっていないのなら、先にこちらへと攻め込んでくるだろう。

ただ、何が起きても対応できるように準備をしておく必要がある。

俺は一度息を吐いて言葉を区切る。

「とにかく、みんなにこの魔石の情報を共有する」

「ですが、これほどの戦力差があるとなれば、皆に恐怖が伝染してしまうのではないでしょうか?」

「ああそうだな。だから、これを持ってきたんだ」

俺が先程拾った剣を傾けると、リビアは不思議そうに首を傾げた。

村に戻る道中、オルフェの表情は終始険しかった。

本人は、できる限り落ち着けるようにしたのだろう。けれど、それでも彼の感情は抑えきれていなかった。

北のワーウルフに関して一番責任を感じているのはオルフェだろうからな。

そんなに彼が背負う必要はないのだがな。

○

村へと戻った頃には、すっかり外は暗くなっていた。

スライム族の村には今日中に行くのは難しいかもしれないな。

そんなことを考えながら、俺はリビアとオルフェに集めてもらったゴブリン、ワーウルフたちを一瞥《いちべつ》する。

「先程現れたワーウルフたちは、俺たちで仕留めた」

そういうと、ゴブリンとワーウルフたちからは安堵の吐息が漏れていた。

それに対して、俺はすぐに言葉を挟んだ。

「だが、敵もこちらの動きには感付いているはずだ。いつ、敵が動き出してもいいようにこちらは警戒態勢を整える必要がある」

「……」

俺の言葉に、半分程度は怯えている。残り半分は、やる気に溢れているものたちだ。

ワーウルフは全体的に、迎え撃つという空気が多いな。やはり、恨みに近いものを持っているのだろう。

やる気があるというのなら、嬉しい限りだ。

「それと、皆に聞きたい。何か気づいたことがあれば言ってくればいい。リビア、頼む」

「はい」

俺がリビアに任せる。

リビアは一つの石を取り出す。それは、ただの石だが、北のワーウルフたちが飲みこんだ魔石と似たようなサイズのものだ。

「先程交戦したワーウルフたちは、このくらいのサイズの魔石を飲みこみ、肉体を強化しました。これについて、何か知っている人はいませんか？」

「……」

皆が顔を見合わせる。駄目か、と思った時だった。

よろよろと一人のワーウルフが手を挙げた。

「そ、その。以前、ヴァンパイア種の亜人が村に来たことがありまして、そのくらいの魔石をワーウルフに渡しているのを見ました」

「なんだと⁉　本当か⁉」

俺が答えると、彼はこくこくと頷いた。

「は、はい！　そ、その時はただ、宝石の交換でもしているのだと思っていたのですが」

ワーウルフの発言に、オルフェが目を見開いた。

「ヴァンパイア種、か。オレは見たことがないぞ？」

「オルフェ様はその時、就寝中だったはずです。夜遅くに来たので。オレが、たまたま門番だったので、覚えています」

「オレが眠っている間にそんなことが」

がくり、と彼は肩を落としている。

ワーウルフたちのリーダーなのに、知らないことがあるというのがショックだったようだ。

慰めるのは後だ。

「……少し聞きたい。ヴァンパイア種というのはどんな種族だ？　吸血鬼という認識で間違っていないか？」

「は、はい。それで間違いありません。ただ、オレもそれ以上の情報は分かりません」

ヴァンパイア……つまり吸血鬼、というのは聞いたことがある。上界でも危険視扱いされている種族だ。

稀に上界に現れて、世界へ恐怖の爪痕を残す存在だ。

童話などで聞いたことがある。夜、眠らずに出歩く悪い子は、吸血鬼に襲われてしまう、と。

ただ、彼らには意外と弱点も多いと。

ニンニークという臭いのきつい食材だったり、日差しに弱かったりだ。

オルフェは腕を組み、それから考えるように眉間を寄せた。

「リビア、他には何か知っているか？」

「私もあまり、詳しくは知りませんね。ヴァンパイアの前で吸血鬼とは呼ばないようにした方がいいということくらいです」

「そうなのか？」

「私たちゴブリンは別名小鬼族、と言われています。鬼は私たちのような野蛮なものにつける言葉、だそうですので、あまりヴァンパイアの方々は好みませんね」

「そ、そうなのか」

ヴァンパイアともしも対面したら、決してそのことは口にしない方がいいだろうな。

「私も母に教えてもらっただけです。ヴァンパイア種は、妖狐種と同じで魔法技術に長けていま
す。様々な魔道具を製作できるという話がありますので……もしかしたら、あの魔石もそれに準
ずるものなのかもしれませんね」

「……なるほどな」

とにかく、今回の魔石に関してはヴァンパイア種が絡んでいることが分かったな。

あとは、ヴァンパイア種がどこまで絡んでいるか、そこが問題になるな。

北のワーウルフたちが同盟を結んでいると、面倒なことになる。

ちらと見ると、ワーウルフ、ゴブリンたちの不安の色が濃くなっていた。

俺はそんな彼らを注目させるために、声を荒らげた。

「みんな聞け！」

俺が声をあげ、オルフェをちらと見る。

彼はこくりと頷いてから、一つの剣を全員が見えるように運んでいった。

それを覗きこんだワーウルフやゴブリンが首を傾げた。

「これは、なんですか？」

「やけにボロボロの剣だな」

「それが、奴ら北のワーウルフたちが使用している武器だ！」

俺の言葉に、彼らは驚いていた。

それから、少しばかりの嘲笑を浮かべる。

それを拾い上げるように、俺は続ける。

「ああ、みんなが今思ったことを代弁しよう。奴らはこんな貧相な武器を使っているのか、だろう？　その通りだ。確かにワーウルフたちは魔石を用いて肉体を強化できる。それは確かに優れているが、こんな武器ではは料理もできやしないだろう」

俺の言葉に、皆が苦笑していた。

「奴らが攻め込んでこようとも、こちらにはいくつもの武器がある。今では矢を撃てる者も増えてきた。奴らはこんなちゃちな剣一本だけだ。奴らが俺たちの門を破って攻め込む前に、俺たちが奴らを落とす方が先なはずだ」

多少過剰な言葉で士気を上げてから、俺はみんなに笑みを返した。

みんなはすっかりやる気を取り戻してくれたようだった。

「それじゃあ、これで解散とする。夜の見張りだけはしっかりするようにな」

俺の言葉に、皆が頷いて夕食の時間となる。

一度俺は皆から離れると、リビアもついてきた。

「まさかあのボロボロの剣をあのように使うとは思いませんでした。さすがですね、クレスト様」

「いや、俺もあそこまでうまくいくとは思っていなかったな。まあ、とりあえず落ち着いてくれてよかった」

「そうですね。ただ、オルフェ様が少し心配ですね」

「そうだな。あいつは少し気負いすぎている気がするからな。別にオルフェが原因ではないんだから気にしなくてもいいんだがな」

「はい、私もそう思いますね」

にこりと微笑んだリビアを見ていた時だった。

こちらにオルフェがやってきた。彼の後ろには、同じく数名のワーウルフたちがいた。

彼は真剣な顔で俺の方に近づき、それから頭を下げてきた。

「クレスト……オレたちに出撃の許可を出してはくれないか？」

言ったそばから、彼は好戦的なことを言ってきた。

俺はオルフェの目をじっと見て、首を横に振った。

「駄目だ」

「だ、だが！　このまま待っているばかりでは！」

しかし、オルフェもその言葉だけでは退かない。

もちろん、それは分かっている。というか、退かれたら呼び止めていたくらいだ。勝手に動く可能性もあるからな。

オルフェに出撃させない理由をきちんと伝えないといけない。

「攻め込むのは危険だ。攻めと守り、どちらが有利に戦えるかは分かるか？」

言葉を挟むと、オルフェは腕を組み首を傾げる。

「どちらも、同じじゃないか？」

「いや、圧倒的に攻め込む方が不利だ」

「そう、なのか？」

「ああ。攻め込むには単純に労力がかかるんだ。ここで言いたいのは単純な戦闘能力ではないぞ。数、地形の問題、それに敵地までの食糧も含めてだ」

「……」

俺の言葉にオルフェは難しい顔で頷いた。

「こちらから出撃するのなら、中途半端な戦力で行くのは駄目だ。無駄死にする可能性があるからな。やるなら、全員で出撃する必要があるが、こちらで北の地でも同じように立ち回れるのはワーウルフ族だけだ。俺を含め、ゴブリンたちはここよりさらに北の大地を知らない。戦場になるだろう場所の情報がまったくない状態では、不利な戦いを強いられることになる」

「ああ」

「まずこれで、地の利は相手に傾く。それに、北の地について知っているからといって、こちらのワーウルフたちが自由に動けるわけでもない」

「なんだと？」

「例えば、ワーウルフたちしか知らない抜け道に罠が敷かれている可能性も十分に考えられる」

「……」

俺の言葉に、オルフェは露骨に顔をゆがめた。

やはり、何か村まで続く道などを知っていたのかもしれない。

そこから侵入し、襲撃を考えていた、とかそんなところだろう。

「ここまでになれば、仮に同じ戦力数でも……相手が有利になる。攻め込むには、敵の三倍の戦力が必要、というのが基本的な考え方だ」

もちろん、奇襲、奇策でひっくり返すことは可能だ。

今はそんな小さな希望を彼に見せる必要はない。

オルフェはぐっと唇を噛み、声をあげる。

「だが、オレは——この村を戦場にしたくないんだ。オレたちを受け入れてくれたこの村を、オレたちが原因で傷つけたくはないんだ」

オルフェがそういった時だった。

別のワーウルフたちが口を開く。

「クレストさん。オレたちはここにいたいんです」

一人がそういうとさらに別のワーウルフも続いて口を開いた。

「ここにいるみんなや物を傷つけたくない」

「ここが、戦場になるのなんて見たくない」

そう続いた彼らの固い決意に、俺はため息を返した。

「さっき、おまえたちは言ったな。この村を戦場にしたくはない、と。この村が壊れるのは嫌だと」

「はい」

俺は近くにあった椅子を見て、剣を振り下ろした。

バラバラと崩れたその木材を使い、俺は再び椅子を製作した。

壊れたため、素材である木材が多少使えなくなったので、さっきよりも一回り小さくなったが、それでも俺は座れるくらいだ。

それに座ってからオルフェたちを見ると、彼らはきょとんとこちらを見ていた。

「ちょっと座りにくいけど、元通りだ」

「どういうことだ？」

「村がなくなっても……俺や、新しく建築術、鍛冶術を手に入れた亜人たちがいる。彼らがいれば、時間さえかければいくらでも直せるんだ」

「……」

「居心地がいいといったな？　その村にあるのは、物だけなのか？」

俺の言葉に、ワーウルフたちは首を傾げた。

「違う、な」

オルフェが呟くように言う。

「そうだろう？　俺たちのスキルでもそう簡単に直せない。それが、おまえたちだ」

俺はオルフェの肩を叩く。それから、笑う。

「おまえたちが死んだら俺にとっての居心地の良い村がなくなるんだ。だから、死ぬかもしれない行動はしないでくれ。いいな？」

オルフェを見た後、彼らの後ろにいたワーウルフたちを見る。

彼らはみな、俺の方を見てから……、

「ああ」

オルフェがこくりと頷き、後ろにいたワーウルフたちも頷いた。

涙ぐんでいる者までいる。誰もそこまでの反応をしてくれとは言っていない。

過剰な反応だなと思ったが、オルフェを含め、ワーウルフたちは頭を下げて村の中央へと向かっていった。

納得してくれたのなら良かった。

オルフェは少し短絡的というか、感情に任せて動くタイプだ。それは悪いことではない。

俺みたいに、考えてから動く者よりも動き出しは早いだろうからな。

いずれは彼とリビアに村のトップを任せたいと思っているんだから、こういう場面ではしっかりしてほしいものだ。

俺がオルフェの背中を見ていると、リビアが顔を覗きこんできた。

「さすがですね、首領」

「別に、あくまで思ったことを伝えただけだ」

「そんなこと言っていますけど、皆さまからの信頼が一番厚いのはクレスト様ですよ」

「……そうか？」

「もちろん、私もです。お慕い申していますよ、クレスト様」

「そうか。それなら、俺がもしも間違っていると思った時は、必ず忠告してくれよ」

「もちろんです。そうでなければ、あなたの隣にはいられないと思っていますから」

「ありがとな」

俺だって間違えることはある。なんでもかんでも肯定されてしまったら危険だ。

俺を止めてくれる人がいなければ、俺は間違った方向へと突き進んでしまう可能性があるだろう。

「明日はスライムたちの村に行こうと思っている。同盟の話も改めてそこでしよう」

「情報共有のためですね？　ですが、以前同盟は断られました、大丈夫でしょうか？」

「確かにスライムたちとの同盟は拒否されたが、共闘くらいはできるかもしれないだろ？」

「そうですね。魔石の件もありますしね」

スフィーはワーウルフたちを嫌っていたから、簡単にはいかないとは思うがな。

それでも、ヴァンパイア種の脅威を知っていれば、もしかしたらどうにかなるかもしれない。

「ヴァンパイア種というのは、魔道具の製作が得意なんだな？」

「はい。魔道具製作、あるいは魔法系スキルを持っていることが多かったと思います」

「スライム系の亜人は魔法系スキルが苦手だったよな？」

「そうですね……同盟を結ぶのなら、その辺りを指摘するのが良いかもしれませんね」

リビアも俺と同じように考えていたようだ。

とにかく、その辺りから話していってみようか。

○

次の日の朝。

俺たちはスライムの村へと向かい、移動を開始した。

メンバーは俺とオルフェ、それにゴブリアの三人だ。

リビアは村に置いてきた。

万が一、俺たちの村が襲われた場合に指示を出せる者が必要だったからだ。

初めはオルフェにそれを任せようと思っていた。スライム族はワーウルフを嫌っているからだ。

だが、オルフェがどうしても来たいと言ったため、ついてきてもらった。

やがて、俺たちはスライムたちの村にたどり着いた。

見張りのスライムが俺たちに気づき、木から滑るようにおりてきた。

「どうしたんだ、人間？」

「ワーウルフたちのことで共有したい情報がある。誰でもいい、スフィーの耳に届けられる者と面会したい」

俺がそういうと、別のスライムが村の奥へと向かう。

「少し確認してくる。少々待たれよ」

「ああ、分かった」

俺たちは村の入り口でしばらく待つ。

少ししてから、奥からスライムがやってきた。

スライム同士で話をして、それから彼らは道を譲るように移動した。

「スフィー様がお会いするそうだ。無礼のないようにな」

「ああ、分かっている。ありがとう」

感謝を伝え、俺たちは村を移動していく。

以前訪れたスフィーがいる木へと向かう。

すでにスフィーはそこで待っていた。俺は一礼の後、彼女の前に立った。

彼女は一度オルフェを見てから、ちらと俺を見てきた。

「共有したい情報とは何かしら？」

「まず、確認だが、北のワーウルフが魔石を食べて肉体を強化した、というのを見たことはあるか？」

これで、スフィーが知っている、と話せば今回の交渉は台無しになる。

「ないわね」

「そうか」

俺は持ってきた小石をスフィーに見せた。

「昨日俺たちは森で北のワーウルフと交戦し、倒した。彼らはこのくらいのサイズの魔石を取り出して、口に運んだんだ」

「そうしたら、肉体が強化された、と？」

「ああ。それまでは俺たちが優勢だったにもかかわらず、魔石を口にしただけで俺たちと同等に戦えるようになったんだ」

スフィーの表情が険しくなる。

厄介な強化だと認識してくれているようだ。

「なるほど。情報提供は感謝するわ。話はそれだけかしら？」

「さっきの話から改めて、同盟を申し込みたい」

そのために、ここに来たんだ。交渉の材料はまだある。

「私たちは、ワーウルフたちの攻撃なんて大して痛くはないのよ。奇襲さえ受けなければ、私たちは物理攻撃に対して絶対の耐久があるわ」

「奴らが魔道具を使用してもか？」

「どういうことかしら？」

「先程話した魔石の製造は、ワーウルフたちが行っているわけじゃないんだ。その後ろについている、ヴァンパイア種が行っている可能性が高い」

スフィーの眉間にしわが寄る。

彼女の体は液体でできているのだが、その変化は人間と変わらないものだった。

「それは、本当なの？」

「もちろん、１００パーセント確実だとは言い切れない。だが、ヴァンパイア種を見たことがあるというワーウルフもいた。奴らがこの地を制圧するために、何者かの力を借りている可能性は十分考えられる」

「……」

スフィーが腕を組み、真剣な様子で考えていた。

「けれど、あなたたちの村にはそこのワーウルフを筆頭に、多くのワーウルフがいる。あなたたちと仲間になれば、ワーウルフたちに殺された仲間たちへ顔向けができない」

「それで、村が全滅してもか？　決して、スライム族を見くびっているわけじゃない。恐らく、戦力的には北のワーウルフたちと互角くらいなんだろう。だが、奴らが身体強化をし、他の魔道具までも持ち出して来たらどうなる？」

「……」

スフィーの表情は険しいままだった。スフィーを中心に、スライムたちが話をしていた。

彼らの表情には焦りの色が見える。

特に最も状況を危険視しているのはスフィーだろう。

大量の仲間がいる以上、危険な可能性がある戦場には連れていけないはずだ。

俺がちらとオルフェを見た時、彼はすっと一歩前に出た。

「スフィーよ。オレからも頼みたい。同盟を結んではくれないだろうか？」

オルフェの発言に、スフィーの眉尻が上がる。

「それをワーウルフのあなたが言うの？」

「ワーウルフ、だからこそだ」

彼はそう言ってから、周囲へと視線を向ける。

集まっていたスライム種たちに向けて、オルフェは叫んだ。

「みんな聞いてくれ！　オレは北のワーウルフ、おまえたちの仲間たちを卑劣な手で襲ったワーウルフキングの双子の弟だ！」

そう叫ぶと、オルフェへの注目が一気に集まった。

オルフェはその視線に構わずに続ける。

「あの村は、本来オレが引き継ぐことになっていた。だが、それを妬んだ我が兄が、オレを村から追放したのだ！　だからオレは、もと首領の息子として伝えたい。ワーウルフたちが、これ以上誰かを殺すのを見たくはないんだ。オレがこの戦にケジメをつけてみせる！」

オルフェは拳を握りしめ、皆に向けてそう叫んだ。

スライムたちがちらちらと、仲間を見てそしてスフィーへと視線を向けた。

オルフェがちらとスフィーを見てから、もう一度言った。

「だから、我が首領と同盟を結んでほしい。二つの戦力が合わされば、必ず北のワーウルフたちを退けられる！」

「……」

スフィーの視線が俺へと向いた。

オルフェが付いてきたかった理由は、これだったのか。

「ワーウルフを憎む気持ちはあると思っている。だが、すべてのワーウルフが敵じゃない。これ以上、避けられる死を防ぐことが、今は大事なんじゃないか？」

「……」

「スフィーたちのこと、嫌いじゃないんだ。そっちは人間の俺のことは嫌いなのかもしれないけどさ。できるのなら仲良くやりたいし、死んでほしくない。誰一人かけることなく、今後もこうして仲良くやっていければと思うんだ。……だから……同盟を結んでほしい」

俺は自分の気持ちを伝え終えると、手を差し出した。

これ以上、交渉の手札はない。

ここまでしても、無理だというのならば、どうしようもない。

スフィーは俺をじっと見てきた。

見つめあうこと数秒。スフィーの手が動いた。

ぎゅっとスフィーの手が俺の手を飲み込むように、掴んできた。

「そうね。はっきり言って、不明瞭な敵と戦いきれるほど、うちも戦力に余裕があるわけではないわ。あなたたちと、同盟を結ぶわ」

「ありがとう。どちらかが北のワーウルフも襲われた際には、必ず助けに向かう。それでいいな？」

「ええ、そうね」

俺とスフィーは改めて手を握りなおし、それから周囲へと視線を向けた。

良かった。同盟を結ぶことができた。ほっと胸を撫でおろしながら、スライム族たちに見せつけるように握っていた手を上へとあげた。

○

スライムの村を出たところで、俺はオルフェを見た。

「ありがとな、オルフェのおかげで向こうも俺たちのワーウルフへの敵意を多少は下げてくれたようだ」

だからこそ、スフィーとの同盟があぁいった形で成功したのだろう。

オルフェは苦笑を浮かべていた。

「オレはただ、自分の気持ちを伝えたにすぎない」

「だからこそ、みんなの心に響いたんだ」

俺がそういうと、オルフェは照れ臭そうに頬をかいていた。

村に戻ってくると、リビアが迎えてくれた。

「特に問題はありませんでした」

「そうか。それは良かった。とりあえず今は、南側でみんな魔物狩りをするんだ。食糧の確保とステータスの強化を行ってくれ」

「はい、今も皆行っています」

南側であれば、問題はないだろう。

俺も剣を持ち、訓練場へと向かい、ゴブリン、ワーウルフに稽古をつけていった。

○

夕方になり、夕食の準備が整ったため、稽古は切り上げる。

残っていたゴブリンとワーウルフも皆進化することができた。特に、目新しいスキルは手に入らなかったが、料理術などの生活に役立つスキルを手に入れた亜人もいたため、今後のそれぞれの負担も減ることだろう。

夕食の時間はほぼ毎日同じくらいだ。その時間に合わせ、外で狩りをしていたワーウルフが戻ってきて、それから俺の方にやってきた。

「クレスト様、少しいいですか？」

「どうしたんだ？」

食後に稽古でも頼まれるのだろうか？　そんなことを考えていたのだが、

「その、結構南に行ったところで、人間の姿を発見したのですが」

思わず、手を止める。リビアも驚いたような目で俺を見てきた。

「人間だと？　間違いないか？」

「は、はい」

ワーウルフはこくこくと頷いた。

人間……一体誰だろうか？

脳裏をよぎったのは、ハバースト家の誰かだ。

アリブレットは現在行方不明となっている。

その捜索と、俺を探して、という可能性は非常に高いだろう。

「こちらから何か仕掛けたのか？」

「い、いえ、クレスト様と同じ人間ですし、クレスト様の判断を仰いでからにしようと思いまして」

「分かった。ありがとう。俺があとで様子を見に行ってみる」

「分かりました」

それにしても、人間か。

俺が考えていると、リビアが顔を覗きこんできた。

「どうされるのですか、クレスト様」

「そうだなぁ」

下界の管理者だろうか？

あるいは、ハバースト家の人間か。

以前のアリブレットの様子を思い出すに、俺を探しに別の人間を派遣したという可能性はある。

俺のスキルが使えると分かった途端に、利用するために血眼になって探しているんだから頭にくるってものだ。

上に戻るつもりはない。別に、上でなければ生活できないわけじゃないからな。

大切な人がいるわけでもないのだからな。

だが、それとは別の可能性も考えられる。

転移魔法陣に乗せられた人間だとも考えられる。罪人か、罪人として扱われた人か。

「とりあえずは、探しに行ってみようと思う」

「そうなのですね。お仲間が増えるといいですね」

「仲間だったらいいんだけどな」

「何か、あるのでしょうか？」

「この下界におりる人間ってのは大きくわけて三種類なんだ」

「三種類ですか？　確か、一つは下界と上界を繋ぐ門を守る人、ですよね？　昔母に聞きました。あまり南に行ってしまうとその人間たちに狩られてしまう、と」

「ああ、その通りだ。下界の管理者たちの役目は、上界へとつなぐ門を守ることだ。だから、門付近に近づいた魔物を狩っているんだ。まずそれが一つ、そしてもう一つは転移魔法だ」

「転移魔法。人間はそのような高度な魔法文化をお持ちなのですね」

驚き、僅かに恐怖した様子のリビア。

そんな凄い魔法を使う者が上界にはたくさんいると思ったのかもしれない。

「いや、今の人間たちにその魔法を完全に把握している人はいないよ。上界の何か所かにある転移魔法陣は、はるか昔に作られたものだ。魔力を込めれば使用できるが、それを理解して使っている人間はいない。その主な使用方法は上界から下界に罪人を送るためにあるだけだ」

「つまり、罪人という可能性もあるのですか？」

「そういうことだ。罪人だったら、さすがに仲間にはしたくないな。何をするか分かったものじゃないし」

「なるほど。確かに、危険な人かもしれませんね。それでは、三つ目はどのような人なのでしょうか？」

「それは、俺を探しておりてきた上界の人間だ。以前、俺は門から降りてきた家族に会ったんだ」

「ご家族の方、ですか？」

「ああ。俺のスキルが優秀だということが分かったらしくて、連れ戻そうとしたんだ」

「戻りたいとかはないのですか？」

「ああ、まったく。上界にいっても利用されるだけだ。ここでなら、俺の自由に生きられるしな」

俺が肩を竦めながらそういうと、リビアは微笑んだ。

「それでしたら、ずっと一緒に暮らしていけるのですね」

「まあ、ワーウルフが見た人間が、もしかしたら良い人、という可能性も……まったくないわけじゃないからな。上界の奴らは自分の気に食わない奴を転移魔法陣に乗せている可能性もあるし、一応様子を見に行くつもりだ」

「分かりました。それでは、私も同行しましょうか？」

「いや。何かあった時のために村に残ってくれ。護衛はゴブリアとルフナがいれば十分だからな。もしもの時は、オルフェに指揮をとらせてほしい」

俺は遠くでワーウルフやゴブリンと食事を楽しんでいるオルフェを見る。

種族の違う両者は、すっかり仲良くなっているな。

「分かりました」

「あいつは熱血で、少し周りが見えない部分はあるが人を引きこむような力強さはある。足りない部分はリビアがフォローしてやってくれ」

「はい、私もその方が良いと思います。私は表に立つのはあまり得意ではありませんから」

「そっか。それじゃあ頼む」

こくりと頷いたリビアを見てから俺は立ち上がる。

ゴブリアとルフナに声をかけると、彼らは俺の後ろについてきてくれた。

最近はあまり一緒に行動する時間がとれていなかったな。

「俺は少し、南で発見されたという人間を探しに行ってくる！　もしも、敵襲があった時はオルフェの指示に従え！　オルフェ、頼むな」

「ああ、了解だ」

「リビアと協力して、村を守ってくれ」

俺がそういうと、オルフェはリビアをちらと見てから強く頷いた。

さて、一体どんな人なのだろうか？

南にいる人間を思い浮かべながら、俺はゴブリアたちと村を出た。

閑話「リオン・ハバースト 1」

「アリブレットはどうした⁉　なぜ戻ってこない！」

家族で集まり、僕たちは会議を行っていた。

四男の僕は、空席となった次男の席を見てほくそ笑む。

ライバルが一人減って助かった。そう思っていた。

これで、僕が家を引き継げる可能性が僅かにだが、出てきた。

あとは長男と三男。この二人さえ消えてくれればいい。

そんなことを考えていると、三男が冷や汗を流しながら手紙を読み上げた。

「げ、下界で魔物に襲われた可能性が高い、と。騎士たちの死体を発見したと下界の管理者から手紙が届きました」

三男の読み上げた手紙に、父はいらだったように声をあげた。

「ふざけるなよ！　大事なアリブレットはどうした！　死体は見ていないのだろう⁉」

「死体は……見つからないそうです。もしかしたら、魔物に連れていかれた可能性も」

「ああ！　なぜだ！　なぜ神は我が家に対してこんな仕打ちをするんだ！　これもすべて、あの忌み子のせいだ！」

父は残り少ない髪をかきむしり、血走った目で叫んだ。

父に同意だ。

本当に僕の弟は無能だ。

なぜ、『ガチャ』能力を手に入れた時、もっと強く僕たちに言わなかったのだろうか？

強く申し出ていれば、今頃は我が家も安泰となっていただろうに――。

まったく先を見る力がない馬鹿な弟だ。

貴族学園にいた時からそうなのだ。奴は、僕に恥をかかせたことがある。

弟というのは兄を敬い、立てなければならない。

なのに、奴は僕が決闘で指名した際、この僕に勝利しやがった。

気遣いができないというか、なんというか。

皆が憔悴していた。そこに僕は追い打ちをかけるように言葉を続けた。

「リフェールド家も、騎士を派遣したそうですが――」

僕の言葉に、父は顔を険しく歪めた。

「あ、ああ、そうだ。今回は失敗したようだが、もしもあの家にクレストを連れ戻されるようなことがあれば、もうおしまいだ……」

父は、僕の言葉によってさらに顔を青ざめる。頭をかきむしり、必死な様子だった。

そろそろ、いいだろうか。僕にはある秘策があった。

「お父様。僕があの馬鹿を連れ戻しましょうか？」

「で、できるのか？　だが、優秀な騎士たちも多くが死んでしまったのだぞ？」

「騎士に頼りすぎるのも良くありません。下界と上界は勝手が違いますから。騎士とともに、下界を良く知る下界の管理者を連れていくべきでしょう。兄は……どうやら下界の管理者を連れて行かなかったようですから」

手紙にもそう書かれていた。皆が驚いたようにこちらを見る。

「な、なるほど！ そこに気づくとは天才か⁉」

「ええ。ですから、連れ戻した暁にはそれなりの立場をご用意していただけると嬉しいのですが」

僕がそういうと、長男のイギリルがびくり、と肩をあげた。

横目にこちらを見てくる。少し鋭い。

僕は笑顔を返しながらも、内心では精一杯の罵倒の言葉を浴びせている。

これで、僕が連れ戻せば、兄に勝つことができる。

貴族の世界で、兄弟というのは立場が固定されている。普通であれば、弟が家を継ぐようなことはできない。

だから、暗殺などが発生するのだ。

「ですが、父上。アリブレットのこともあります。ここでリオンに向かわせるのは、危険ではありませんか？」

イギリルがそういって僕の妨害をしようとする。

まあ、イギリルからすれば自分の立場を脅かされるのだ。正直にそうはもちろん言えないのだろうけど。

父は途端に不安そうにこちらを見る。

「だ、大丈夫なのか？」

「ええ。僕には秘策があります。ここ最近の僕の戦闘能力の向上は、皆さんも良く知っているでしょう？」

「あ、ああ。確かにな。まさか、おまえにあれほどの力が眠っていたとは思いもしなかったな」

「ええ、ですから、お任せください。必ずあの馬鹿を連れ戻しましょう」

まだ父は不安そうだった。

この父は基本的に無能だが、家族を愛する気持ちだけは強い。

特に、母を失ってからはそれが過剰なほどになった。

母を殺したクレストは、もちろん家族ではない。

「頼んだぞ、リオン」

それでも父は僕に出撃の許可を出してくれた。

「はい、任せてください」

僕はそう返事をしてから、会議室を出た。

廊下に出て、部屋へと向かう途中イギリルがやってきた。

「てめぇ、まさかオレ様を跡継ぎから引きずり降ろそうとはしてないよな？」

「どうでしょうか？　それは、僕ではなくクレストが決めるのではないですか？」

「もしも、オレ様をないがしろにするようなことがあれば、ただじゃすまさねぇからな！」

イギリルはそう叫び、威嚇するように睨んでから部屋へと向かう。

僕はその背中を見て、笑みを浮かべる。

たまらない優越感があった。

あのイギリルが、僕にビビッている。

そう考えただけで、僕の体がぞくぞくと表現できない快感が襲う。

その後、部屋へと戻った僕はそれから一人のメイドを呼びつけた。

最近、僕がメイドとして雇った女だ。

容姿はとても優れている。だが、この女は人間ではない。

本来、人間以外の種族はすべて下界送りにするものだ。だが、僕は――彼女を利用するために、メイドという立場で雇ったのだ。

「お呼びでしょうか、リオン様」

「ああ、呼んだぞ。僕がさっさと呼んだらすぐに来い、この愚図」

僕が怒鳴りつけるように言うと、彼女はすっと頭を下げた。

同時に、彼女は発動していた変身を解除する。

その頭には狐の耳が、メイド服のスカートの裾からは狐の尻尾が現れた。

彼女は妖狐と呼ばれる種族らしい。まあ、所詮は魔物の親戚みたいなものだ。

彼女は、魔道具などの製作が得意なようで、優秀な僕はそこに目をつけた。

こっそりと彼女に様々なものを作らせ、それで僕の力とすればいい。

その結果が、ここ数日の僕の実力が上がった本当の理由だった。

「僕は明日にも家を出発し、クレストの捜索へ向かうつもりだ」

「クレスト、とは確かあなたの弟様、でしたか？　面白いスキルを持っているという」

「そうだ。奴を連れ戻し、奴隷の首輪を嵌める。そうすれば、クレストは僕の言いなりだからな」

ちらと、僕は妖狐の手首へと向ける。

彼女の手首にも奴隷の腕輪がついている。彼女は僕の奴隷だからだ。

「なるほど、それで奴隷の首輪を作ってほしいということでしたのね」

「ああ。もちろん、用意できてるんだろうな？」

「はい。それと、より強力な魔石の製作も行っておきました」

「本当か？」

にやりと、笑う。

彼女が作る魔石は、飲み込むことで一時的だが肉体の強化が可能になる。

僕はその力もあって、今かなり強くなれている。

完璧だ。

ミシシリアン、リフェールド家は今も上界に現れた魔物の対応でクレスト捜索は最小限でしか行えていない。

そして僕には、強力な手駒がいる。

すべて、流れが僕へと来ている。

「これで……僕がこの家の当主になれるんだ！」

「それは素晴らしいですね」

「貴様への用事はもう済んだ。さっさとどこかにいけ」

「分かりました。魔石の効果、思う存分体験してみてくださいね」

にこりと、唇を歪めた彼女を部屋から追い出した。

第6話　「兄」

村を出て、南へと向かっていく。

ルフナの嗅覚と、俺の感知術を用いて、周囲の探知を行っていく。

魔物はいるが、人の姿はないいな。

もう少し、南に下らないとか。

さらに南、昔拠点にしていた木の近くまで行ったところで、俺は気づいた。

火だ。

誰かが火を燃やしているようだ。ルフナも気づいたようでちらとある方へと視線を向けていた。

そちらにゆっくりと近づいていく。気配を完全に消し、物陰から拠点だった場所へと視線をやる。

畑や俺が製作した小屋などがあるそこでは、五名ほどの人間がいた。

二人は騎士だ。残り二人は……恐らく下界の管理者だ。

下界の管理者は闇に溶け込むような服装をしている。この下界を生き抜くための服装だろう。

だが、騎士たちは普通の鎧で目立つ。

そして——その中で最も目立つ男がいた。

リオン・ハバースト。

ハバースト家の四男にして、俺の一つ上の兄だ。

彼はパレードにでも参加するような煌びやかな鎧に身を包んでいた。

性能は優れているのだろうか？　そんな疑問とともに鑑定を使ってみたが……特に何かのスキルがついているわけではない。

もっといえば、戦闘に用いるような性能ではないだろうことが、鑑定結果から伝わってきた。

恐らく、奴も俺の捜索に来たのだろう。

ここから、俺が奇襲でもすれば彼らを一方的に仕留めることは可能だろう。

だが、別に殺しに来たわけではない。どちらかといえば、説得だな。

これ以上、ハバースト家の人間に来られても迷惑で、面倒だ。

だから、交渉だ。リオンに話をして、もう二度と来ないでくれるよう頼んで上界へと戻す。

奴らは俺がここまで来ているのに、未だ気づかず呑気に肉を喰らっていた。

まあ、あまり感知にすぐれている人間がいないのはワーウルフから情報をもらった時点で分かっていた。

だって、ワーウルフたちが気づかれずに村まで戻ってこれていたんだからな。

俺はわざとらしく木々を揺らすようにして、そちらへと向かう。

「誰だ⁉」

そこで、ようやく気づいたようだ。下界の管理者が真っ先に立ち上がり、そして騎士が遅れて剣を握った。

リオンはゆっくりと立ち上がる。

なぜか堂々としているな。

下界の管理者は怯えているというのに……。

少し、気になるな。俺がたき火へと近づいていくと、彼らも顔が見えたようだ。

そこでようやく、リオンが目を見開いた。

「クレストじゃないか、無事だったんだな」

嬉しそうに笑う。しかし、その笑顔が作り物であるのは分かった。

「一応はな。それで、おまえもアリブレットと同じで俺を連れ戻しにでも来たのか？」

「アリブレット？　なんだ、会っていたのか？」

「ああ。適当にあしらって、今はどこかでゴブリンと仲良く暮らしているかもな」

それ以降、どこで何をしているかは分からない。

俺が肩を竦めるように言うと、リオンが苦笑した。

「そうか。別に奴は必要ないさ。今の僕に必要なのはキミだ、クレスト」

「俺が？」

「ああ、そうだ。上界で神のお告げがあってね。優秀なスキルとして、『ガチャ』の能力について触れていたんだ。世界の危機を救うための力だとね。あとはキミも良く知っている、ミシシリアン家のミヌ、リフェールド家のエリスもそうだ」

ミヌ、か。懐かしい名前だな。

ミヌも確か、ミシシリアン家では嫌われていた。そういうこともあって、貴族学園に入れられたのだ。

　俺も似たような境遇だったため、お互い仲は良かった。

「ミヌは今何をしているんだ？」

「ミシシリアン家で、それなりの立場についているよ。そして、クレスト、キミもだ」

「神様が良いスキルだって言ったからか？」

「そうだよ。キミも今なら、当主になれる。キミが嫌っていた兄たちを見返すいい機会じゃないか」

　その嫌っている兄には、リオンも入っているんだけどな。

「別に、見返すとかはどうでもいいんだよ。俺はもうのんびり暮らせればそれでな。上界は息苦しい。戻るつもりはないな」

　ミヌは上界で、それなりの立場を得られたようだな。

　それは良かった。

　俺の言葉に、それまで笑顔だったリオンの表情がひきつった。

「本当に、戻るつもりはないのか？」

「ああ、ないな」

「それでも、僕たちは戻ってもらわないと困るんだよ。僕たちの家は、キミを連れ戻さないと何をされるか分からないんだ」

「それは良いことを聞いたな。なおさら、戻りたくなくなったよ」

俺の言葉に、彼の眉間が寄せられた。

「クレスト！　貴様はこれまで育ててもらった恩を忘れたというのか⁉」

「恩を感じたことはないな。それに、どうしたんだ？　さっきまでの余裕が消えたようだが」

俺がそういうと、リオンは腰から剣を抜いた。それに合わせ、騎士、下界の管理者たちも同じく剣を抜く。

「おまえたち。予定通り、馬鹿の四肢をへし折り、奴隷の首輪をつけて連れて帰るぞ！」

「了解しました、リオン様」

騎士たちがニヤニヤと笑みを浮かべ、剣を握る。

彼らは俺を明らかに見下していた。

「クレスト様。昔、剣の稽古をつけたことがありましたね」

「かもしれないな」

たまに騎士たちに遊ばれたことはあった。

リオンの命令で、騎士が俺に稽古をつけたんだ。稽古、なんていうのは優しい表現だ。

実際はただ、何もさせてもらえなかった俺をいたぶった。

そして、リオンはそんな俺を見て楽しそうに笑っていた。

「あなたは騎士になれませんでした。その程度の実力です。大人しく投降した方がいいですよ」

「騎士になれなかったんじゃない。そこの男に邪魔されたんだ」

俺は騎士として十分な実力だった。

だって、貴族学園での成績は常に俺がトップだったのだ。

なのに、誰かの妨害を受け、騎士の道を閉ざされた。

何も知らない父や兄からは、落ちこぼれだと言われたものだ。

だが、それだってリオンが手回ししたという話だ。

リオンはにやり、と口元を歪めた。

「あの時のお前の絶望した顔は面白かったな」

くすくす、とリオンが笑う。そして、剣をこちらへと向けた。

「やれ、おまえたち！」

騎士がリオンの声に合わせ、こちらへと飛びかかってきた。

だが、遅すぎる。

それが俺の感想だった。

騎士たちが合わせて襲い掛かってきたが、十分に見切れるほどだった。

ルフナとゴブリアを物陰に待機させていたが、彼らに頼る必要もなさそうだ。

俺は騎士の剣をかわし、彼らの鎧の隙間へと剣を振りぬいた。

すっと、抵抗なく剣が通る。遅れて、悲鳴が聞こえた。

「ぐあぁ!?」

「ながっ!?」

驚き、困惑。それらが入り混じったような悲鳴とともに騎士たちは斬られた腕を押さえる。

血がだらだらと流れ、足元を濡らしていく。

「なに⁉」

驚いたようにリオンが目を見開いた。

それから彼が剣を振りかざし、俺へと飛びかかってきたが、それを反転してかわす。

「隙だらけだな」

思いきり、リオンの背中を殴りつける。

鎧はべこっとへこみ、リオンは顔から地面に転がりこんだ。

リオンはごろごろと転がり、それから顔をあげた。

俺はその眼前に剣を突き付けた。

「これが、今の俺の力だ。分かったら、さっさと上界に戻れ。そして、もう二度と誰もここに来させるな。俺は下界で気楽に過ごさせてもらう」

「……」

動こうとした下界の管理者へと視線を向ける。彼らは腰に差した剣に手を伸ばしていたが、それを抜こうとはしない。

さすがに、命を賭けてまで突っこんでくることはないか。下界の管理者たちは、恐らくハバースト家に無理やり道案内を任されているだけだしな。

よろよろと体を起こした騎士が、引きつった表情で俺を睨んでいた。

そして――次の瞬間だった。

一人の騎士が、魔石を口へと運んだ。

「まさか、それは！」

なぜそれを、騎士たちが持っているんだ⁉

驚いた次の瞬間だった。騎士の体から力が溢れた。

リオンが体を起こし、後退しながら笑みを浮かべる。僅かに涙が目じりにたまっていて、情けない姿であった。

「や、やれおまえたち！　その魔石を使えば、普段の倍は強くなれる！　あんな馬鹿、ぶっ倒してしまえ！」

やはり、リオンは魔石について知っているようだ。

思いもよらぬ収穫だった。

彼から情報を引き出してやろう。

「オオ‼」

その雄たけびはまるで獣のようだった。

同時、騎士が飛びかかってきて剣を振り下ろす。

俺はそれをかわしながら、彼の腕を斬り飛ばした。

しかし、それでも、騎士は止まらない。

もう一人もまた魔石を口にして、こちらへと飛び掛かってくる。

襲い掛かってきた彼らの一撃を、俺は跳んでかわす。

すでに、騎士たちから理性というものは消えていた。

そこにいるのは魔物だ。

不気味な声をあげながら、こちらへと斬りかかってくる。俺は小さく息を吐いてから、騎士二人の腕を斬り飛ばした。

それでもなお、襲い掛かってきた彼らの胸に、剣を突き刺した。

ようやく、動かなくなった。

ひぃっ、という短い悲鳴はリオンからあがった。

「ひ、人殺し！　さ、殺人だ！　騎士に捕まるぞ！」

「その騎士はどこにいる？　下界に法なんてものはない。あるのは、生きるか死ぬかだ。リオン、さっきの魔石はなんだ？　あれは騎士なら誰でも持っているものなのか？」

「……」

俺の問いかけに、リオンは黙っていた。

彼はぎゅっと唇を結んでいたが、俺はあまり時間をかけたくなかった。

彼の腕を軽く斬りつけた。

「い、いだい!?　な、なにをするんだ！」

「さっさと、話せ。さっきの魔石はなんだ？　誰が作っている？　それに、どんな効果があるんだ？」

「ぼ、僕の雇ったメイドが作っている。そ、そいつは妖狐で、魔石の効果は肉体の強化……だといっていた」

妖狐、か。

確か、リビアが言っていたな。魔道具の製作はヴァンパイアと妖狐が得意としていると。というか、上界に妖狐がいるのか？　それに、雇っているって。

「妖狐なんて雇って問題ないのか？」

「僕の、奴隷だからな」

奴隷という立場だとしても、一体何を考えているんだ？

「上界の人間は、他種族を嫌っているはずだ。他種族ということだけで、下界に何万もの他種族を送った過去だってあるだろ？」

過去の話になるが、上界の歴史にはそういった物がある。

当時のことを覚えているような者はいないだろうが、覚えている者からすれば人間を恨むような事件だ。

「ぼ、僕が完全に従えているから、問題ない」

そういう話ではないだろう。

俺は死んだ騎士をちらと見てから、下界の管理者を見る。

「リオンを連れて、上界に戻ってくれないか？　そして、二度と俺に会いに来るなと伝えてくれ」

下界の管理者たちはこくこくと怯えた様子で首を縦に振る。

俺は剣を鞘へとしまい、リオンを一瞥してから背中を向ける。

……だが、次の瞬間だった。リオンの方から、魔力が膨れ上がった。

「ぐ⁉ あ、あああ⁉ な、なんだこれはぁぁ⁉」

「リオン！ おまえまで、魔石を持っていたのか？」

自分の体を犠牲にしてまで、俺を襲おうとしているのか？

しかし、リオンの顔は驚きに包まれていた。

こんなことは想定していなかったかのような様子だ。

「お、おかしい！ こんなはずじゃない！ た、助けてくれ！ か、体が……体が、力に、飲み込まれる……ッ！」

リオンは涙を流しながらこちらへと手を伸ばしてきた。

一体、何がどうなっている？

「おい、リオン、どういうことだ？」

「ち、違うんだ！ い、今までは制御できる力だった！ なのに、なのに！ 何がどうして！ ああ！ アアアア‼」

今までは？ つまり、妖狐とやらはこれまで、過剰な力を与えるような魔石は作っていなかったということか。

どちらにせよ。もう彼に理性はない。最後はもう聞き取れない化け物のような雄たけびだった。

見た目も変化していた。

まるで、翼と尻尾が生え、魔物のようになっている。口元にはだらしなく唾液を垂らしている。

彼はまるでゾンビのような歩みで、ゆらりゆらりとこちらへと迫ってくる。

顔が上がる。正気を失った。彼の目と合った瞬間だった。

「ガァァァ！」

彼は一瞬で飛びかかってきた。

速い。

先程相対した時とは別人だ。魔石の力は、本物のようだ。

彼の一撃を捌き、蹴り飛ばす。

地面をごろごろと転がった彼から、俺は下界の管理者へと視線を向ける。

「下界の管理者。あれを元に戻す方法は知っているのか？」

「い、いや……オレたちは何もその魔石については聞かされていないんだ。い、いきなり渡されて、強くなれる魔道具だからって言われて！　こんなものなら、いらないっ！」

下界の管理者が魔石をぽいっと投げてきて、俺はそれを拾い上げる。

これに関しては後で詳しく調べるとしよう。今はリオンをどうにかしなければならない。

起き上がったリオンは、ぐんっと首をこちらに向ける。へし折れたのではないかというような異様な動きを見せ、彼は下界の管理者へととびかかる。

「ひっ！」

もはや、敵味方の区別さえついていないのか。

下界の管理者は慌てて剣を抜いたが、リオンの振りぬいた腕が彼の剣を破壊し、その体を貫いた。

「リオン！　おまえの相手は俺だ！」

俺が叫ぶと、リオンはゆるりとこちらを向いた。

残っていた下界の管理者は涙を流しながら、走り去っていく。

一人でも残ってくれれば、上界に俺たちの話は伝わるだろう。

俺が叫ぶと、そこでリオンはぴたりと動きを止めた。それから、顔をかきむしり、声を荒らげた。

「く、くクレスト！　クレストォォォ！」

どうやら俺への怒りで多少は我を取り戻したようだ。　それでも、白目をむいたままでとても元の状態に戻れるとは思えなかった。

時間をかけるつもりはない。俺は全身に魔力を流し、大地を蹴りつけた。

リオンが腕を振り上げるより先に、その間合いへと入る。そして、剣を振りぬいた。

意識したのはリビアのような集中力を持った一撃。

それに並ぶほどの速度で放った一撃が、リオンの体を真っ二つにした。

彼の体が崩れおち、まるで液体のように地面へと溶けていった。

妖狐が作った魔石というのは、人間としての死さえ与えられないのか。

俺は下界の管理者が残した魔石を確認していた。

これが、ワーウルフたちを強化したものと同じものなら、何か対策が思いつくかもしれない。

俺がその魔石に鑑定を使い、魔石を調べてみる。

しかし、強化魔石としか表示されない。特にそれ以上の情報は得られず、肩を落とす。

とりあえずこれを村に持ち帰ってリビアたちにも聞いてみようか。

木々の陰にいたルフナとゴブリアが駆け寄ってくる。

「ゴブ?」

「ああ、大丈夫だ」

心配そうにこちらを覗き込んできたゴブリアの頭を撫でる。

リオン……。別に好きな奴ではなかったし、できるならば関わらずに生活をしたかっただけで死んでほしいほど憎んでいたわけでもない。

小さくため息をついていた時だった。がさがさと木々の葉が揺れる。

感知術を使えば、近くにワーウルフがいるのが分かった。

「く、クレスト様！　大変です！」

ワーウルフは血相を変えた表情で木に片手をつけながら、もう一度叫んだ。

「スライム族の村が襲われました！　今、オルフェ様とリビア様が、援護に向かっています！」

なんだと?

第7話 「ワーウルフキング」

「オルフェ様、大丈夫ですか？」

「ああ、大丈夫だ」

リビアに名前を呼ばれ、オレは軽く深呼吸をした。

森の空気が変化した。異様な空気だ。

どうやら、異変を察知したのはオレだけではなかったようだ。

他のゴブリン、ワーウルフたちも気づいていたようで皆が村の中央に集まっていた。

「なんだか、森がやけに静かですね」

リビアがそう言って、視線を外へと向ける。

僅かに憂《うれ》いを帯びたため息は恐らくクレストがいないからだろうな。

そんなリビアを見て、ゴブリンとワーウルフがため息を漏らしている。

リビアに見とれているのだろう。彼女の容姿は、確かにそこらの魔物たちとは比較にならないほどのものだ。

だが、リビアはクレストの女である。毎日、一緒に寝ているのだからきっとそうだろう。

オレが威圧するように見とれていたものたちを睨む。

その時だった。村の方に何かが近づいてくるのが分かった。

これは、スライムの臭いか？　オレが鼻を引くつかせながら、体を起こす。

他のワーウルフたちも気づいたようだ。リビアが首を傾げる。

「どうされましたか？」

「スライム族がこちらに近づいている。何かあったのかもしれない」

「……」

あれほどオレたちと敵対していたスライム族がわざわざ来るのだ。

あまり、良い話は持ってこないだろう。

リビアは考えるように顎に手をやる。それから、すぐにゴブリンとワーウルフへ向けて声をあげた。

「皆さま、すぐに出撃できるように準備を整えてください。オルフェ様、そちらに向かいましょうか」

リビアの指示に従い、武器を所持していなかった者たちが急いで取りに向かう。

そのうち、数名のゴブリンが不思議そうに首を傾げていた。

「リビア様、どうして出撃の準備をするのですか？」

「これまで、スライム族は我々にあまり好意的ではありませんでした。スライム族との同盟を結んだ現場に私は行ってなかったので、それからどのように変わったのかは分かりませんが、それでも、わざわざ遊びに来るとは思いません。ということは、何か悪い話ではないのかと考えました」

「な、なるほど……」

オレもリビアの意見に同意だ。

ゴブリンたちが急いで準備に向かうと、リビアがちらとこちらを見てきた。

「オルフェ様。スライム族とは仲良くなったのでしょうか？ 私、行けなかったので。教えてくれませんか？ 私行けなかったので」

にこにこ。

ほ、微笑んでいるのだが、かなり圧がある。

「そう、だな。打ち解けたまではいっていないが、遊びに来るほど仲良くはなっていないな」

そんな話をしていると、スライムの姿が見えた。

スライムはこの村を見て僅かに驚いた様子だった。オレに気づいたスライムの頬が緩んだ。

「よ、良かった！ た、頼む！ すぐに来てくれないか!?」

「何があったんだ!?」

スライムに外傷らしいものは見当たらない。ただ、かなり疲弊《ひへい》している様子だ。

「き、北のワーウルフが攻め込んできたんだ！」

その言葉を聞いた瞬間、オレはリビアを一瞥《いちべつ》した。

「分かりました。オルフェ様、至急出撃の準備を整えてください」

「分かっている！ 全員に指示を出す！ そのスライムの看病はリビア、任せるぞ！」

「はい」

リビアがこくりと頷き、腰にさげていたポーチからポーションを一つ渡す。

それを横目にオレは急いで村の中央へと戻った。

○

出撃の準備はすぐに整った。

オレは一人のワーウルフに指示を出し、クレストの捜索にも向かわせた。

ずらりと並んだゴブリンとワーウルフたちを一瞥してから、声を張りあげた。

「同盟を結んだスライムの村が襲撃された！　今すぐに、援護に向かうぞ！」

「「「おおお‼」」」

ゴブリン、ワーウルフたちが揃って声を張りあげる。

さすがに、クレストが事前に皆に伝えていただけはある。

皆、やる気に満ち溢れている。クレストがどれだけ皆に慕われているのか、これだけでも良く分かる。

さすが、我らの首領だ。

彼についてきて良かった。

そして、決着をつけなければならない。

皆とともに、村を出てスライムの村がある西へと向かう。

さすがにこれだけの人数の移動だ。いつもよりは多少時間がかかったが――戦場が見えてきた。

スライムとワーウルフたちが、入り乱れて戦っている。

辺りには血の臭いも混じっている。

「全員、行くぞ！」

「「おお！」」

オレが剣を振り上げ、ワーウルフたちへと向ける。

すぐにワーウルフたちが走り出し、オレもその後に続く。

「なんだ⁉」

「こいつらっ！　追放したワーウルフたちじゃねぇか！」

「な、なんだこいつらの剣は⁉　なんつー切れ味だ‼」

ワーウルフたちの驚きの混じった声が聞こえた。

それまで押されていたスライム族たちも、オレたちの加勢によって動き出す。

オレも剣とともに駆け出し、近くにいたワーウルフへと斬りかかった。

「ぐっ！　てめぇは弟の！」

そう叫んだワーウルフの剣を弾き、その胸を斬りさいた。

倒れたワーウルフからすぐに次のワーウルフへと向ける。

「オルフェ！　生きていやがったのか！　覚悟！」

飛びかかってきたワーウルフをオレは斬り飛ばす。

その時だった。ワーウルフたちが、懐から魔石を取り出した。

やはり、こいつらも使うのか。

「来るぞ！　気を引き締めろ！」

オレが檄《げき》を飛ばす。

ワーウルフが魔石を口に運んだ次の瞬間だった。彼の目つきが鋭くなった。

暴走、していないのか？

ワーウルフの目には理性があった。彼はにやりと口元を歪めると、一瞬でこちらへと迫ってきた。

やはり、速い。だが、オレは剣で受け止めた。

「何……っ⁉」

「この程度で、オレを倒せると思うなよ！」

過去に何もできなかった無念と怒りをぶつけるように、剣を振りぬいた。

ワーウルフが倒れたその奥――スフィーや他のスライムたちと対面しているワーウルフキングの姿を見た。

ヴェールドだ。我が兄にして、オレの憎むべき相手っ！

オレの中で怒りが爆発した。

沸騰したように溢れた感情とともに、オレは大地を蹴りつけ、そちらへと飛びかかる。

オレの振りぬいた剣は、彼の剣に止められた。

ぎりぎりと力で押しあい、そして弾かれた。

オレは即座に剣を構えなおし、ヴェールドを睨んだ。

「久しぶりじゃないか、我が弟よ」

兄は、そういってオレに一礼をした。そして、剣を持ち直す。

彼の両目は鋭くこちらを睨みつけていた。

「久しぶりだな。だが、ここでお別れだ」

「果たして、おまえにそれができるのか？」

「この命に代えてでも、おまえを倒す――！」

オレは一度咆哮《ほうこう》をあげ、大地を蹴りつける。

オレはここでこいつを仕留めるために、今日まで生きてきたんだ！

兄との距離を殺し、剣を振りぬいた。しかし、彼の剣に防がれる。

「速いな。どうやら、かなり鍛錬を積んだようだな」

「ああ、当たり前だ。貴様に追放された無念の日々がオレを強くさせたんだっ！」

剣を振り上げる。彼の体がよろめき、そこに剣を振りかざしたが――次の瞬間、オレの体が吹き飛んでいた。

風だ。強烈な風がオレの体を弾いたのだ。

オレは何度かむせた後、兄を見る。

「魔法系スキル、持っていなかったはずだが」

「手に入れたんだ。魔名と共にな――」

彼はそういって、一つの魔石を取り出し、口に運ぶ。瞬間、彼の魔力が膨れ上がる。

目は鋭くなり、オレに殺意のこもった瞳を向けてくる。

「魔名だと？」

ヴェールドの言葉に、眉根を寄せる。

「オレの魔名はヴェールドだ。冥土の土産に覚えておくといい」

そういった次の瞬間、兄の体が消えた。

オレの肩が背後から叩かれる。驚きとともにそちらを見ると、兄がいた。

振りぬかれた拳に、殴り飛ばされる。

「くっ！」

眩暈がしたが休んでいる暇はない。体が僅かにふらついたがすぐに起き上がり、そちらに視線を向けると、スフィーが片手を向けた。液体が矢のようにとび、ヴェールドへと襲うがヴェールドは片手を向け、風魔法で吹き飛ばした。

「ハァ‼」

前は魔法なんて使っていなかった。

ヴェールドの変化に顔を顰めていると、その背後から、リビアが斬りかかる。

しかし、兄は一瞥さえもくれず、振り返り様に剣を振り下ろした。

リビアは叩きつけられ、血を吐いた。

オレは痛む体に檄を飛ばし、立ち上がる。

「ハァ‼」

振りぬいた剣はヴェールドには届かなかった。

彼の片手で握った剣に止められてしまった。

ここまで、力に差があるなんて想像もしていなかった。

「どうした？　この程度か？」

「くそ！」

やけくそ気味にケリを放つが、それより先にヴェールドに蹴り飛ばされた。

勝てない、のか？

オレは、こいつを倒すためにこれまで努力してきたというのに――――！

オレは剣を握り直し、顔を上げる。

「どうやら、貴様とオレとの間には決定的な力の差があるようだな」

そう言った彼から、不気味な魔力を感じ取ることができた。

次の瞬間だった。

ヴェールドは力を見せつけるように、魔法を放つ。

地面に放たれたそれが、土をめくり返し、ヴェールドはにやりと笑う。

気づけば、形勢は逆転していた。他のワーウルフたちも魔石を飲み、肉体を強化した。

そのせいで、こちらは圧倒されている。

どうすれば。どうすればいいんだ⁉

「さらばだ、弟よ」

ヴェールドが剣を振り上げ、オレの体が弾かれる。

そこに、剣が振り下ろされ――そこでリビアが割り込んだ。

「くっ！」

彼女は顔を歪めながらも、ヴェールドの一撃を受け止めた。

「どうやら、おまえが先に死にたいのか」

ヴェールドはにやりと口角を吊り上げ、リビアの剣を弾くと、その首を掴んだ。

「うぐっ⁉」

「それにしても、いい女だな。これほど綺麗な女は中々いない。オレのものにしてやろうか」

ヴェールドがにやりと笑ったその時だった。

近くから、ワーウルフの悲鳴が上がった。

「ぐああ⁉」

「な、なんだこいつ人間⁉」

「それにこのゴブリン、なんだはやっ⁉」

ゴブリアが、近くのワーウルフを殴り飛ばす。

さらに、別の場所で悲鳴があがる。

「怯むな！　まだ、戦いは終わっていない！　立て、剣を握れ！　俺に続け！」

クレストの叫びだった。彼の一声によって、ゴブリンやワーウルフたちも動き出した。

第8話 「決戦」

ワーウルフの報《しら》せを聞いた俺は、すぐに走り出した。

ゴブリアとワーウルフは、俺の召喚士のスキルを使用して、少しでも離れたらすぐに召喚して同行させた。

そうして、スライムの村についたのはすぐだった。

酷い状況だった。

恐らくは強化されたのだろうワーウルフたち相手に、かなり苦戦しているようだった。

戦況は極めて不利だ。

これを逆転するためには俺がうまく動く必要がある。

近くの物陰に隠れて様子をうかがう。

「く、クレストさん、何をしているんですか⁉」

「今は絶好の挟み撃ちができるチャンスだ。少し静かにしてくれ」

「は、挟み撃ちって、数は向こうが圧倒的に多いですよ？　俺たちはたかが四人じゃないですか」

「あそこに仲間はいるだろ？」

「どうやってですか！」

「こうやってだ」

俺は、すぐに召喚を行う。レベル３に上がった召喚術のおかげで、素早く大勢の召喚が行えるようになっている。

そうして、比較的傷の浅い亜人たちを俺のもとへと集める。

驚いた様子のゴブリンとワーウルフたちは俺に気づいた。

皆が声を上げそうになったので、俺は人差し指を口にあてる。

「静かに。全員ポーションを今すぐに飲め。そのあとすぐに、奴らの背後に全員を召喚する。そこから奇襲を仕掛けてくれ」

「しょ、召喚ですか？」

「ああ。さっき俺が呼び戻したみたいにな。三秒だ。準備してくれ」

俺が時間を指定すると、皆が慌てた様子でポーチからポーションを取り出して飲んだ。

亜人たちの数は十五名ほどだ。だが、復活した彼らの目にはやる気が溢れている。

「行くぞ！」

俺が彼らを召喚すると同時、駆け出した。

ゴブリン、ワーウルフたちが北のワーウルフへと迫る。突如背後から現れた彼らに、北のワーウルフたちは驚いたようだ。

そして、そちらの混乱に注目が集まる前に、俺が暴れる。

「怯むな！　まだ、戦いは終わっていない！　立て、剣を握れ！　俺に続け！」

剣を振り下ろし、北のワーウルフを斬りさいた。驚いたように、襲い掛かってきたワーウルフたち。

その一撃をかわし、力いっぱいに剣を振りぬいた。

北のワーウルフを斬りさき、倒れたその体を踏みつけるように次のワーウルフへと襲い掛かる。

的確に急所をつき、ワーウルフたちを仕留めていく。

オルフェとリビアはいた！

倒れていたオルフェと首を掴まれたリビアを見つけた。

瞬間、怒りが沸き上がった。リビアを傷つけようとしていた彼に対してだ。

まるで体内で熱が溢れたように、体は熱くなり怒りとともに剣を振り下ろしていた。

恐らく、彼がワーウルフキングだ。彼は俺の剣を受けとめた。

だが、俺はさらに力を籠め、その体を吹き飛ばした。

解放されたリビアを抱きかかえると、彼女は頬をそめこちらを見ていた。

「クレスト様。来てくれると思っていました」

「ポーションを飲んで休んで周りの援護に向かってくれ」

「はい」

リビアはすぐにポーションを口に運ぶと、近くの戦闘へと向かった。

俺は体を起こしていたオルフェを見る。彼もまた、ポーションを取り出して口に運んでいる。

「大丈夫か？」

「すまない。オレでは、ヴェールドには……勝てなかった」

ヴェールド。それが、オルフェの兄の名前か。

悔しそうに顔を歪めるオルフェから、俺はヴェールドへと視線を向けた。

彼は自分の手で、この戦いにケリをつけたかったはずだ。

彼の気持ちを引き継ぐように、視線を向けた。

「後は俺がやる。オルフェも周りの援護に向かってくれ」

「ああ、分かった」

といっても、奇襲に成功したおかげで、こちらが圧倒的に優勢になっていた。

体を起こしたヴェールドがこちらへと近づいてきた。

「なぜ、人間がこの森にいる？」

「まあ、色々とあってな。さて、ここからは俺が相手になろう」

「力はあるようだが、たかが人間だろう」

彼は魔石を取り出し、口へと運ぶ。ヴェールドの瞳が鋭くとがり、大地を蹴りつけた。

一瞬でこちらへと距離を詰めてきた。

けれど、見切れるほどだ。それに合わせ、剣を振りぬく。力はほぼ互角。

だが、俺の方が剣の腕は一段上だ。

彼の剣の力を流すように振り、ヴェールドがよろめいたのに合わせ、剣を振り下ろす。

腕を斬りつけると、ヴェールドの表情が険しくなる。それでも彼は、痛みをかき消すように吠えた後、こちらに剣を振りぬいた。

しゃがんでかわす。隙だらけの体を切り上げた。

素早い動きだが、見切れないほどじゃない。

後退するようによろめいたヴェールド。彼は足を沈めるように力を込め、こちらを睨みつける。

「人間ごときが邪魔を、するなっ‼」

ヴェールドが剣を振り下ろしてきた。だが、そこに俺はもういない。

彼の背後をとった俺は、剣を振り下ろした。

腕が飛ぶ。ヴェールドが驚愕したような目とがちりと合う。

一方的な状況に周囲からはどよめきが沸き起こる。仲間の歓声、そして、敵の悲鳴交じりの声が響き渡り、俺はその体を蹴り飛ばした。

背中から大きく倒れたヴェールドの喉元に剣を突き付けた。

「降伏するんだ。もうそちらに勝ち目はないだろう」

「……」

ヴェールドはもう片方の無事な手を動かし、血を押さえるように握りしめていた。

気づけば、周囲の喧騒も収まっていた。

北のワーウルフたちは倒れ、意識を失い、あるいはすでに押さえつけられた者たちで溢れていた。

誰が見ても明らかな状況で、抵抗するだけ無駄だろう。

それでも、ヴェールドが動こうとしたので、その部位を斬りつけた。

「く、はは。圧倒的だな」

ヴェールドは笑い、そのまま力なく倒れた。

「殺せ。オレはもう戦う気力はない」

ヴェールドがそういって、俺は小さく息を吐いた。

剣を収め、彼の顔をちらと見る。

「俺は降伏している相手の命までもとるつもりはない」

「そうか。だが、それで全員が納得するわけではないだろう。オレは多くの者を殺したんだ」

「……」

ヴェールドがそういって、こちらを見てくる。

彼の言葉の通りだ。傷だらけのスライムたちは、今も憎悪のこもった目とともに、こちらへとやってきていた。

その代表が、スフィーだ。

「クレスト……私にとって、彼は大事な仲間を殺した相手だわ。北のワーウルフたちもそうよ。すべて、すべて……敵だわ」

彼女の憎悪のこもった視線に、俺は唇を噛みながら小さく頷く。

「だが、無駄に殺す必要はない。さらに北には見えている敵だけでもヴァンパイアがいる。仲間にできるのなら――」

「未来のことなんて知らないわ。私たち生き残ったスライムたちは、北のワーウルフたちを殺すために生きてきたわ。あなたに止められようとも、私たちは暴れてでも、彼らを殺すわ……ッ」

「……」

クイーンの言葉に合わせるように、他のスライムたちも集まってくる。

退けないものがある。

それがはっきりと伝わってきた。

俺はちらと、ヴェールドを見る。

それから、スフィーを一瞥してから、俺は剣を抜いた。

スフィーが眉間を寄せるようにこちらを見てきた。

「聞け、おまえたち！」

俺は声を張り上げ、すべての亜人たちを注目させた。

それから、剣をヴェールドの首元へと向ける。

生き残っていた北のワーウルフたちが、こちらを見る。

注目が集まったところで、俺は剣を振り下ろした。ヴェールドの首が落ち、俺は目を見開いて死んだその頭を掴み上げた。

「これで、戦いは終わりだ。この戦いを仕組んだ、敵の首領はこれで死んだ！　これ以上文句があるものは前に出て来い！　俺が相手だ！」

首領が死んだことで、北のワーウルフたちも武器を捨てる。

すでに、抵抗する様子の者はいなくなっていた。

俺はスフィーを見る。

「首領の首一つで満足してくれ。ここにいるすべてのワーウルフたちが奴に純粋に従ったわけではない。首領に逆らえば殺される。その状況は分かるだろう？」

「……」

スフィーはヴェールドの頭を見てそれから死体へと目を向ける。

スフィーはヴェールドの死体へと手を触れると、その全身を飲み込んで溶かした。

まるで、咀嚼するように。

それから顔を上げた彼女は、満足した様子で息を吐いた。

「これで、満足するわ。スライムの皆よ！　この復讐の戦いはこれで終わりよ！　スフィーの名をもって、この戦いの終わりをここに宣言する！」

スフィーの言葉に、スライムたちも頷いた。

俺は小さく息を吐き、それから歩いていく。

戦いを見届けていたオルフェの肩を叩き、小さく言った。

「……すまない」

その謝罪には色々な意味がこもっていた。

俺の手をそっと握り返し、オルフェは微笑んだ。

「いや、いいんだ。これが最良の選択だ。オレは残っているワーウルフたちに声をかける。敵対しない者は、仲間として迎え入れていいんだな」

「ああ。それで構わない」

戦は終わりだな。

こっちに重傷者こそいたが、死者はいない。

皆にポーションを預けていたおかげだろう。スライム族も、死者まではいないようだ。

そんなスライムたちを見ていると、クイーンがこちらへとやってきた。

「ありがとう、救援にきてもらって。同盟を結んでいなければ、今頃私たちは全滅していたわ」

「こちらこそ。同盟を結んでいなければ、俺たちだってどうなっていたか分からない」

今回、北のワーウルフたちがまず真っ先にスライムの村を襲ったから良かったものの、俺たちが先に襲われていた可能性だってある。

スフィーは他の者たちを見ながら、小声で言った。

「さっきのは悪かったわ。こちらにも退けないものがあるのよ。代表者としてね」

「分かっている」

スライムたちをまとめるために、必要な犠牲だってある。

お互いに敵対して犠牲もなく解決するのは、簡単な問題だけだ。

今回で言えば、すでにスライムたちは大きな被害を受けていた。

仲間の命……それに匹敵するものは、仲間の命を奪った者を殺すことくらいだろう。

いわゆる、復讐だ。

「どうして、あなたがヴェールドを殺したの？」

「――この場において、俺は代表者だ。重要な決断を、他の者に任せるつもりはない。俺が背負い、俺が引き受ける。そうする必要があると思ったんだ」

俺がはっきりと言ってスフィーを見る。

彼女は驚いたように目を見開いてから、口元を緩めた。

「どうやら、私の判断は間違っていないようね」

そういってスフィーは俺の前で膝をついた。

突然の行動に驚いた。それは、クイーンだけではない。数体のスライムたちも彼女の背後にずらりと並ぶ。

「どうした？」

「私たち――いえ、スフィーである私は、あなたの配下になるわ」

「……」

どういうことだ？

「スライムたちは納得してくれるのか？」

「納得できないものは、村を出ていくだけだわ。それは残っている北のワーウルフも同じでしょう？」

確かにそうだな。

彼らの首領は俺が殺した。その俺についてくるかどうか、それを決めるのは個々人に任せてい

る。

　別に逆らう者を殺すつもりはない。だが、村には近づけない。それだけだ。

「そうだ。だが、同盟を結ぶまでしか認めてはいなかっただろ？」

「この地を統一しなければ、さらに北の亜人たちの脅威から身を守ることはできないわ。その首領、人間的に言うなれば、王が必要だわ。王は絶対の力と、決断力と、度胸を持ち合わせている必要があると思ったの」

「それが、俺なのか？」

「ええ。あなたがこの地の王であり、首領よ。私はあなたに忠誠を誓い、あなたの配下に加わる。私たち、スライム種を受け入れてくれますか、首領」

　もちろん、拒否はしない。

「分かった。よろしく頼む」

「感謝いたします、クレスト首領」

「その言い方はやめてくれ。今まで通りに話してくれて構わないから」

　俺が言うと、スフィーはぺこりと一礼をした後、

「それじゃあ、改めてよろしくね、クレスト」

「ああ、よろしく」

　お互いに手を握りあった。

エピローグ　「新たな仲間たち」

北のワーウルフたちは全員が俺たちの配下に加わると話した。

基本的に亜人というのは実力主義的な考え方が多いようで、強い者の下につく、というようようだ。

逆に言えば、俺に能力がないと判断されれば、皆が離れていく危険がある。

別に、強制的に俺たちの仲間になれとは一言も言っていないし、個人で行動したいのなら自由にしてくれてもいいとは言ったが、皆ついてきた。

まあ、皆が内に何を秘めているかは分からないが、ヴェールドは恐怖によって縛り付けていた部分も多いようだった。

とにかく、あとの管理はオルフェに任せている。

村へと戻り、全員の治療をした後、俺は村の中央に亜人たちを集めていた。

ゴブリン、スライム、ワーウルフ。総勢百名ほどの集団だ。

すでに、スライムや新しく仲間になったワーウルフたちへの名づけは終えている。最後に、皆の前でスフィーへ魔名を授けることになった。

「スフィー、でいいんだな？」

「ええ、スフィーでお願い」

「それじゃあ、今日からおまえはスフィーだ」

俺は彼女に名前を与えた。

そうすると、スフィーのステータスも確認できるようになった。

『スフィー（スライムクイーン）＋１　主：クレスト　力２９４　耐久力３４３　器用２５０　俊敏１８７　魔力２８９　賢さ80』

かなり高ステータスだ。ただ、やけに賢さが低いのだけが気になっていた。

「どうしたのかしら？」

「いや、なんでもない」

まあ、賢さはこちらの言葉を最低でも理解できるだけの知能があるということだからな。

そこまで気にする必要もないだろう。

これまでの言動からスフィーが馬鹿、とも思うことはない。

たぶん、ステータス的な部分でのミスなんだろうな。

そんなことを思いながら、俺は握っていたコップを持ち上げる。

「この村の新たな始まりだ！　盛大に祝おうじゃないか！」

勝利を祝して、新たな仲間たち。それらをあわせての宴が始まった。

○

まだ外では騒いでいる亜人たちもいたが、俺は一人で考えたいことがあったので部屋に戻っていた。

ベッドでごろんと横になりながら、俺はポーチにしまっていた魔石を取り出した。

それは、リオンが連れてきていた下界の管理者が持っていたものだ。

色々と忙しくてゆっくり調べる暇はなかったからな。

その鑑定をしようとした時だった。部屋がノックされた。

「リビアか？」

「はい、クレスト様。来ちゃいました」

後ろ手で扉を閉め、中へと入ってきたのはリビアだ。

また今日も一緒に寝に来たのかもしれない。

リビアにその気はないのだろうが、こう毎日抱き着かれて寝られると色々と大変だった。

体を起こすと、リビアが申し訳なさそうに頭を下げてきた。

「もう、お眠りになられていましたか？」

「いやまだだ。これから色々と考えようと思ってな。だから、まだ寝ないんだけど大丈夫か？」

「はい」

「そうか」

隣にリビアが腰かける。

「それでそちらの魔石はもしかして、北のワーウルフたちが使ったものですか？」

「同一のものではないけど、似たようなものだと思う」

「すでに、すべてなくなっていたと思いましたが」

北のワーウルフたちに事情を聞いたが、あの戦闘ですべて使い果たしてしまったそうだ。

「これは、下界の管理者たちが持っていたものだ」

「それは、南にいた人間たち、でしょうか？」

「ああ。その人間たちはこれを使って魔物のようになってしまったんだ」

「やはり、危険な代物ということでしょうか？」

「いや、どうなんだろうな」

俺の呟きに、リビアが首を傾げる。

俺は自分の鑑定を使い、その内容をリビアに伝えた。

『肉体強化の魔石　強力な魔力が封じ込められており、体内に取り込むことで一時的に肉体を強化することが可能』

鑑定を使ってみても、分かるのはこれだけなんだよな。

特に、魔物化するという情報はない。

「鑑定では、魔物化については分からないのですね」

「この製造者に聞くしかないな」

「なるほど。そうですか。使用したワーウルフたちも、別に体がおかしくなっていることはありませんでしたよね？」

暴走していた、だけに見えた。

「そうだな。だから、これを製造した可能性のある亜人たちは、これを純粋な肉体強化として使用している可能性もある」

「今後の戦いでは、この魔石による肉体強化をされたものたちと戦うかもしれない、ということですね？」

「そうだな。北の亜人がここまで攻め込んでくるかどうかも怪しい話だけどな」

「――来るはずです」

リビアがはっきりとした口調で断言した。

珍しいな、と思うと同時、何か確証があるのかもしれないと思った。

「何か知っているのか？」

「母から、聞いた話です。いずれ、この世界には大いなる災厄が訪れる、と」

「災厄、か？」

そういえば、リオンも言っていたな。

俺のスキルは世界の危機を救うとかなんとか。だから、ハバースト家は俺を連れ戻そうと躍起になっているわけだ。

エリス、ミヌもまた似たようなスキルを持っている、と。

「はい。その大いなる災厄に打ち勝つには、皆の力を合わせる必要がある、と」

「だから、亜人たちは抗争し、仲間を増やしているのか？」

「そうですね。もちろん、自分の安全を守るためだけに戦っている者もいます。ですから、より強者の下につくというのはとても自然な考え方なのです」

みな、野生的な生活をしていたからではなく、きちんとした理由があるようだった。

それにしても、大いなる災厄、か。

エリスは確か、聖女関係だったか？　ミヌは勇者の名前がついたスキルだったような。

どちらも、俺とはまた違った意味で凄いスキルのはずだ。

ガチャは確かに便利で優秀だが、既存のスキルの範囲でしかない。

――だが、仮に神が俺たち三人が協力して世界を救えるように力を分配したのならどうだろうか？

エリスが人を癒し、ミヌが敵を討伐する。そして俺が、その他の足りない部分を補っていく。

だと仮定すれば――まだ、災厄が訪れるまで時間があるのも確かだろう。

でなければ、こんなガチャのように月替わりでの能力付与は行わないはずだ。

まあ、神は少しおっちょこちょいな部分もあるからな。俺の能力のポイント部分について触れなかったし。

いや、それ自体もわざとで、俺を下界に送らせるために――まあ、これ以上は考えても仕方がないだろう。

「なら、下界を統一して、皆の力を結束させない限りどうなるか分からないんだな」

「はい。そして、私は下界すべての王になられる方が、クレスト様だと思っています」

頬を赤く染めたリビアがこちらを見てきた。

「冗談はよしてくれ。俺に何ができると思う？　無駄に命を奪いたくないと思ってから、どれだけ殺してきたと思っているんだ？」

今日だけでも何人かのワーウルフを、そしてオルフェの兄を殺している。

俺は以前、自分で言ったように無駄に殺したくはなかった。

今回だってそうだ。俺にもっと力があれば、スライム族を押さえつけ、あの殺害を止めることだってできただろう。

もっと、力があれば――。

そう思っていた俺の手を、リビアは優しく握りしめてくれた。

「あの場面では他に皆が納得できる方法はありません。クレスト様も、色々と考えての行動でしょう？」

もちろんそうだ。考えもなしに誰かを殺すのは、殺人鬼の証拠だ。

でも、あれこれ考えたとしても。

それでも、誰かを殺すというのでは、意味は同じではないだろうか？

「何かあっても、殺したことに変わりはない」

「あそこで彼を生かすという手段はもしかしたらあったかもしれません。ですが、それには長い時間がかかります。その末で、結局殺すという選択をとることになった可能性もあります。もちろん、オルフェさんのように仲間になってくれるかもしれません。ですが、仲間を殺され、苛立っているスライム種がいるのも事実です。そして、あの場にはほかにもワーウルフがいました。すべてを納得させ、力を証明するにはあれが最良の判断であったと私は思います」

リビアは真剣な表情だった。慰めでもなんでもなく、心からそう思っているようだった。

「あの場でクレスト様が迷っていれば、私が斬っていました。そうでなければ、他の者たちもクレスト様に不信感を抱くと思いました。クレスト様も、そう考えてのものだったのではないですか？」

「ああ、そうだな」

リビアの言う通り、俺はあの場で咄嗟に判断を下した。

少しでも迷えば、俺についていきたいと言っていたワーウルフやゴブリンたちの信頼も揺らぐと思ったからだ。

だが同時に俺は以前の自分を否定する行動をとってしまった。

以前俺は「殺すつもりはない」といって、オルフェを生かした。

状況はもちろん違う。オルフェはまだ誰かに恨みを抱かれてはいなかった。

だが、俺の発言と行動は前後で変わっている。それによって、ワーウルフやゴブリンたちの信頼がなくなる可能性も危惧した。

しかし、それでも俺はあの行動を選択した。

「正しいとは思っていない」

「それなら、私が殺す判断を出したと思ってくれて構いません。クレスト様は私に言いましたよね？　間違えていたと思ったら止めてくれ、と」

「そうだな」

「私はあの場面でのあなたの行動が間違いだとは一切思いませんでした。ですから、あの行動は私の意見でもあります」

俺は一度息を吐いた。リビアにすべてを押し付けて逃げる選択肢もある。

だが、俺がそれを選ぶつもりはなかった。

単純な話で、リビアに嫌われたくないからだ。

「これは俺の選んだ道だ。他人に押し付けるつもりはない」

「そうですか。でも、あなた一人の責任ではありません。私も同じく背負いますから」

ほっとしたようにリビアが言って微笑んだ。

リビアの方が俺よりずっと首領に向いているな。

「オルフェの兄だ。できるのなら、助けたかった」

「そうですね。その優しさはこれからも抱き続けてください。すべてを救うのは難しいですが、可能な限りは救いに動くべきですから」

そう、だな。

俺はため息とともに天井を見た。

難しいなここで生きるってことは。

「クレスト様。殺すことは悪いことではありません。そうしなければならない状況もあります」

「……ああ、分かってるよ」

「ですから、そう気に病まないでくださいね」

「そうだな。もう大丈夫だ」

いつまでも落ち込んでもいられない。

北のワーウルフたちがくれた情報から、近いうちにヴァンパイア種と会う予定があると聞いていた。

それに向けての準備が必要だ。

今日はさっさと休み、明日からの準備に備えたい。

それに、今のピックアップだってもうすぐ終わってしまうからな。その前に、何とかして上げたいスキルもあるしな。

オルフェの兄に名前を与えた人物について、現状は何の情報もなかった。名前を得ていたというのも、オルフェが直接聞くまでほかのワーウルフたちでさえ知らなかったらしい。

名前を本当に持っていたのかどうか。そこから考える必要があった。

やることは多い。いつまでも休んではいられないだろう。

「それじゃあ、そろそろ寝るか」

俺がそういって部屋の明かりを消した時だった。

リビアが俺の服の裾を掴んできた。

「リビア?」

俺が振り返るとリビアは顔を真っ赤にしていた。

「クレスト様。お慕い申しています」

「それはいつも言ってくれているだろう」

リビアの様子がおかしかった。

何だろうか? 具体的な言葉で言い表せないが、何か変だ。

「違います。異性としてです」

「え……?」

それって、どういう意味だ?

俺のことが男性として、好き、ということなのだろうか。

「私、魅力ありませんか? 確かにその、人間ではありませんし、お胸もそこまで大きいわけではありませんが」

「魅力がないってそんなわけないだろ。毎日一緒に寝て、こっちはかなり困っていたんだぞ」

「そう、だったのですか? こ、これまでまったく襲ってくる様子もなかったですし、その私、異性として見られていないのではと」

「襲ってもらうために来ていたのか？」

俺が問いかけると、リビアは頬を赤くしたあと、にこりと笑った。

「期待は、しておりました」

リビアのその言葉と表情に、俺はぐっと唇を噛んでいた。

今の彼女にたまらなく愛おしく可愛いもので――。

俺の中で何かがはじけた。

俺はぎゅっとリビアを抱きしめる。そのまま、ベッドへと彼女を押し倒した。

「リビアいいんだな？」

「はい、クレスト様」

リビアは嬉しそうに微笑み、俺を抱きしめてきた。

閑話「エリス1」

「エリス様、ノルゴアーク様がお呼びです」

屋敷へと戻ってきたわたくしのもとに、使用人がやってきてそういった。

正直言って長旅の後でゆっくりと休みたい。

とはいえ、父を無視して部屋に戻るなんてことができるはずもないため、わたくしはため息を隠すように口を開く。

「分かりましたわ。すぐに向かいます」

使用人はすっと一礼をしてから屋敷へと消えた。

わたくしは久しぶりに見た自分の屋敷を眺めてから、歩き出した。

わたくしはスキル『聖女の加護』を獲得した。

それはどうやら、現在この上界で起こっている異常事態への対応策として神様がわたくしに授けたらしい。

『聖女の加護』の力は、結界を張ったり、他者の傷を癒したりできる。その力をあてにされた結果、わたくしは現在あちこちを飛び回る羽目になっていた。

そんなことをしている暇ではないのにと思いつつもだ。

わたくしにはクレストを連れ戻す必要があったからだ。

しかし、今はそのような余裕がまったくなかった。

王は一度、私とミヌに下界への調査を許可したのだが、今では考えが変わっていた。

その理由は簡単だ。上界に魔物が溢れすぎたからだ。

現在、外を歩けば魔物と毎日のように遭遇してしまう状況だ。

上界は危険すぎる状況。

そして何より、下界へと降りたところでクレストを連れ戻せるのか確定していない現状。

一時的にミヌやわたくしが上界から離れてしまい、その間に何かが起きれば――。

そう考えた国王は、わたくしたちに新たな指示を出した。

その結果、わたくしたちは今も上界にて魔物討伐の対応へと駆り出されていた。

ため息をつきながら屋敷内を歩いていく。綺麗な赤いカーペットが敷かれ、その左右には等間隔で壺や像などが飾られている通路。

わたくしはあまりそういったものには興味がない。父も同じく興味はなかったようだが、「貴族として最低限の見栄を張る必要がある」というのは父の言葉だった。

わたくしの父は、金などには興味がない。ただそれでも、権力には強い執着があるのは幼い頃から父を見てきているわたくしはよく理解していた。

目的の扉に到着したわたくしは、コンコン、と扉をノックする。

「誰だ」

「わたくしです、エリスですわ」

「そうか。入れ」

「失礼します」

扉を開けると、そこには父がいた。いつも通りの厳しい顔だ。父の笑っている姿をわたくしは一度も見たことがなかったなぁ、とかそんな思考が頭をよぎる。

「エリス、体は大丈夫か？」

「あちこち飛ばされてこき使われて、もう大変ですわね」

そうはいったが、ぶっちゃけそこまで体は疲れていない。

『聖女の加護』を獲得してからか、身体能力は向上し、疲労なども感じにくくなっている。

少しだけ不安があるとすれば、どんどん人間離れした力を獲得しているのではないかという点くらいだ。

けど、それはミヌも同じだ。むしろ彼女の場合は、大量の魔物を仕留められるような大きな力を手に入れている。あっちの方がむしろ化け物だ。

「そうか、大丈夫そうだな」

この父はわたくしの言葉を戯言と切り捨てたようだ。彼は腕を組み、続けて口を開いた。

「今日の報告は三つだ。まず、ハバースト家がさらに人を送ったそうだ。クレストの兄、リオンを派遣し、戻ってきていない」

「そうですか。確か我が家も派遣していましたよね？　そちらはどうなりましたの？」

随分前に騎士を派遣したと聞いている。

ここにクレストがいない時点で、結果は分かっていたけど。

「残りの報告だ。リフェールド家から騎士数名を下界へと送ったが、失敗だ。接触自体はできたが、拒否された」

「……」

クレストが上界へと戻るのを拒否したその理由に、わたくしも含まれているのだろうか？

そんなことはない、と楽観的な思考が浮かび上がる。

けれど、冷静なわたくしもいる。クレストが戻りたくないのは、おまえが原因だ、と。

それを否定するつもりはない。わたくしのこれまでの行動から、クレストに好かれるはずなんてないんだから。

ただ、彼を支配し、彼を自分のものにしたい。そんなわがままな人間を愛してくれる人なんていないだろう。

「それで、どうなさいますの？」

「ミシシリアン家で不穏な動きがある。どうにも、奴らは何かまた別の方法でクレストを連れ戻すことを考えているようだ」

驚くことはない。

クレストを連れ戻せれば、王からの評価は一気に跳ね上がるだろう。

問題は、ミシシリアン家という部分だ。

父の表情が険しい理由も分かる。

ハバースト家が失敗したのは、クレストがハバースト家を快く思っていないからだろう。

仮にそれなりに親しかったミヌがクレストにお願いをした場合はどうなるだろうか？

クレストの性格だ。彼女を助けるために戻ってきてくれるかもしれない。

「不穏な動き、ではありませんわよね？　クレストが上界に戻ってくれば、もしかしたら今以上に状況は良くなるかもしれませんし」

「連れ戻す人間に、ミヌも参加するかもしれない可能性が出ているんだ」

「ミヌが？」

苦々しい女の顔が浮かび、わたくしは口を閉ざす。

「あくまで予想だ。まだ、どうなるかまでは分かっていない。だが、今確実に言えることは、ミシシリアン家も考えなしでの派遣ではないということだ。確実に何かしらの成果を上げるだろう。おまえも分かっているだろうが、ミヌとクレストはそれなりに親しいようだからな」

「ええ、そうですわね」

「そのミヌからの頼みとなれば、クレストは戻ってくるかもしれない」

「はい」

「だから、我がリフェールド家からも追加の部隊を派遣するつもりだ。戻ってきた暁には、我が家からもクレストに対しての全力の支援を。そして、エリスとの婚約についても再検討しないか、という具体的な話をしようと考えている」

それは、駄目だ。

今のままでは、絶対にクレストは戻ってこない。

可能性があるとすれば、わたくしが直接彼に謝罪を、そして今抱えている感情を訴えかけるしかない。

「わたくしも参加してよろしいということですの？」

クレストに直接会って話をしなければならない。

ミヌとわたくしでは状況が違う。父はその部分を理解していないようだが。

わたくしの提案に、父の険しい表情は一層険しくなる。

「駄目だ」

「どうしてでしょうか？　万が一ミヌが参加するとなれば、わたくしも向かうべきでは？」

「ミヌをわざわざ捜索部隊に使ってくれるのならば、ミシシリアン家も堕ちたものだ。奴がいなくなれば、上界で発生している魔物の問題への対応力が弱くなる。そうなれば、我が家はその部分で、より国に貢献でき、地盤を固めていける」

父は、クレストを絶対に我が家が連れ戻す、という固い意思はない。

部隊を派遣しているのもあくまで王に見せるためだけのものなんだと思う。

父はきっと、クレストが戻ってきてからあれこれ根回しすればいいと考えている。

「おまえが参加してしまえば、地上で発生している魔物の大量発生を誰が食い止める？　おまえのスキルがあるからこそ、被害を抑えることができているんだ」

わたくしのスキルである『聖女の加護』。これは人々を守り、癒し、強化することができる。

もちろん、わたくし自身の戦闘能力も上げてくれているため、魔物相手に怯えることは少なかった。

もちろん、わたくしの力は、ミヌに比べて攻撃的な部分は少ないが、国の重要拠点を守るという一点においては優れていた。

父はわたくしの力を使い、より評価を高めていた。親しい貴族たちを魔物から守るためにわたくしを利用している。

「ですが、もしもミシシリアン家がミヌを参加させるとなった場合、我がリフェールド家は下界調査において遅れをとるのではないでしょうか?」

なんとかして、わたくしも捜索に参加できるよう、交渉してみる。

父は眉根を寄せながら、わたくしの言葉を黙って聞いていた。

「この上界を守り抜いたとして、ミヌにクレストを連れ戻されれば、お父様が考える最高の権力を手にできないかと思われますが」

回りくどい言い方になったが、わたくしは父を挑発するようにそういった。

「確かにそうかもしれないな。だが、すべてを放置して下界へ向かうこともできないだろう。ミヌが下界に向かうのならば、それはそれで仕方ない。その分の評価を、上界で稼げばいい」

「ミヌは、恐らくですがクレストを連れ戻そうとは考えていないでしょう」

わたくしは、切り札ともいえるその言葉を伝える。

父はぴくりと眉尻を上げた。

「なんだと?」

「彼女は貴族の立場に固執していません。仮に、クレストに出会い、クレストが下界に残るといえば、彼女も恐らくですが残るのではと思います。以前、そのような話をしました」

馬車でのやりとりで話してもらった情報を、父に伝えると彼は眉間を寄せた。

「そうか。いや、それならばミヌを下界へと派遣させることも止められるかもしれないな」

「そうですの？」

「情報を流す。ミヌが家を裏切ろうとしている、と。周りから圧力をかけ、ミヌの本心を絞り出させる」

「その方がよろしいと思います」

わたくしは頷き、父の書斎を後にした。

ミヌの足止めができれば、あとは簡単だ。

わたくしは、一人で下界へと降りる。

ミヌがどうしてそのように考えているのか、わたくしが理解できたのは簡単だ。わたくし自身が、この家にも貴族にも、上界にも興味はないからだ。

今はクレストに会いたい。

彼に会って、これまでの行為を詫び、そしてもしも許してくれるのならば、彼の隣で今度こそ一緒に生きたい。

わたくしは、一人下界へと向かう準備を開始した。

今のわたくしは『聖女の加護』がある。この力があれば、一人でも下界を探索することは可能だ。

閑話「ミヌ 2」

✽ ✽ ✽

「ミヌ様！　ありがとうございます！」

「ううん、気にしないで」

私は嬉しそうに笑ってくれた子どもたちの頭を撫でた。目を輝かせこちらを見てくる子どもたちに、私も自然と頬が緩んだ。

助けられて良かった、という思いが強い。

今私がいるのは小さな村だ。

ここ最近、上界のあちこちで魔物の大量発生があり、この村もそれに巻き込まれてしまった。

私はすぐさま出撃し、魔物たちを撃破した。今は、この村で少しの休憩をしていたところだった。

子どもたちと戯れていると、心が洗われる。貴族たちのように変な下心などないからだ。彼ら彼女らと接したまま一生を暮らしたいくらいだ。

少し前までは孤児院で仕事でもしようかな、くらいに思っていたんだけど私の生活はスキルの獲得から一変した。

『勇者の一撃』というスキルを授かった私は、ミシシリアン家で最高の評価を受けていた。

これまでは、そこらの使用人以下の待遇だった私が、今では跡継ぎの候補とまでなってしまった。

私が使用人以下の待遇だったのは、簡単だ。これまでは側室との間に生まれた忌み子として扱われていた。

我が国では、きちんとした手順を踏まずに子どもを授かることを、特に嫌っている。悪いのは、考えなしの父のはずだが、その責任のすべては子どもや母へとなすりつけられることが多い。

私もそうだった。勝手に生まれてきた、勝手にはらんだと母は怒られ続けてきた。母は病んでしまい、すでに亡くなってしまった。

周りからは、馬鹿にされ、異母姉たちからもいつも虐められていた。

騎士学科に入れられたのも、私を馬鹿にするためだ。

他の貴族の令嬢たちが、淑女としての教育を受ける中、私は剣を学ばされた。それ自体は悪いことだとは思っていない。

体を動かすのは好きだったし……何よりクレストと出会えたからだ。

とにかく、そんな私の立場は随分と変わり、今では屋敷内を堂々と歩くこともできた。

「ミヌ様、そろそろ出発のお時間になります」

「分かった。今行く」

騎士の言葉を受け、私は子どもたちの頭を最後に一度撫でてからその村を後にした。

○

屋敷へと戻ってきた私は、早速父の部屋目指して屋敷を歩いていく。

屋敷内はきらびやかだ。あちこちに金の装飾が施されていたり、金を用いた品が飾られている。

父はとにかく金に興味があった。権力はそのついで、という感じだ。権力があれば、結果的にお金も手に入るから、権力が好きという感じだ。

そういう父を、私はあまり好きにはなれなかった。

父の部屋を訪れると、彼は嬉しそうに笑っていた。

「ミヌ、よく戻ってきた。村での戦い、見事だったと聞いているぞ」

「ありがとうございます」

「さすが、我が娘だ！」

父のその言葉が、恐ろしいほどに薄っぺらく聞こえてしまう。

——これまで私のことを娘だなんて思っていなかったくせに。

スキルを手に入れるまで、私や母がどれだけの扱いを受けてきたか。

いけない。そんな黒い感情は心の奥底へとしまっておく。

私はひとまず、この父の操り人形になると決めたのだから。

「そういえばミヌ、以前ハバースト家の話はしただろう？」

「クレストの捜索のため、再び部隊を用意したと聞きました。どうなったのですか？」

「どうやら失敗に終わっているらしい」

「そうですか。そういえば、私の下界への調査はどうなりましたか？」

王から否定されたが、それからも父は根気強く私を推してくれていたらしい。

なんとしてもクレストを連れ戻し、クレストにミシシリアン家との関わりを増やしたいらしい。

「王の許可は出ていないが、魔物の発生も落ち着いている。今度また、王に進言しようと思っている」

「そうですか」

王はすっかり委縮してしまっている。無視して下界に行けたらどれだけ楽だろうか。

そんなことを考えていると、父の目が厳しくなる。

私の肩をトンと叩く。その力はいつもよりもこもっていた。

「ミヌ、おまえは今何を考えている？」

「どういうことでしょうか？」

「少し噂話を聞いてな。『クレストとともに下界で暮らそうとしている』とかな」

「私が下界で？　何を冗談を。昔ならばともかく、今はこのように良い立場も与えられているというのにですか？」

一体どこからそのような情報が流れたのだろうか？

私はこの屋敷の人間を誰も信用してはいない。私を助けてくれる人はいなかったからだ。

今父が思っていることはすべて真実だ。

クレストを連れ戻す部隊に参加し、クレストと会う。そこで彼の気持ちを聞く。

クレストが下界に残りたいといえば、私は部隊を上界へと戻す。

もしも、私とクレストを邪魔するというのなら、すべて敵とみなして排除するだけだ。

「本当にそうなんだな？」

再度確認するように父が私を見てくる。

さすが、王国内でも上位に位置する権力を持つ家の当主なだけある。

普段から金のことばかり考えている人だと思っていたけど、その金に関係しそうなことに関しての嗅覚は鋭い。

私は、できる限りの笑顔とともに父を見た。

「もちろんです。クレストに一刻も早く会い、彼を連れ戻したいです。この家のためにも」

もちろん嘘。

家のため、なんてひとかけらも思っていない。ただ、クレストに会いたいのは事実であり、その気持ちを前面に押し出すと父も納得してくれたようだ。

「そうか。おまえがそこまで家のことを考えてくれているとは、な」

「当然です。母も、きっとそう望んでいますから」

「そう、だな。おまえの母のことは、悪いとは思っているよ。これからは、父と娘仲良くやっていこう」

白々しい。

すべて、演技に決まっている。私はこの家に思いなんてものはない。

だけど、そんな気持ちを表に出すことはしない。

唾でも吐き掛けてやりたいほどだったけど、この家もまだ居場所として残しておく必要がある。

クレストが上界に戻りたいと言った時、私にも立場が必要だから。

それ以外で、私が彼を父として扱うことはない。

クレストがハバースト家の次期当主につくというのなら、私も当主となる。

貴族は厄介で、立場がなければ結婚もままならない。この先、クレストと一緒にいるのに、この家の立場は利用できる。

「分かった。おまえに下界でのクレスト捜索を命じる。その間の上界に訪れるかもしれない危機に対しては、エリス嬢に対応してもらうよう、王に伝えてみよう。そうすれば、クレストを連れてきたということで確実に我が家の立場は向上するはずだ」

「分かりました。お願いします」

エリスの足止めをする必要がある、とはずっと思っていた。

リフェールド家がどういう方針かは分からないけど、エリスはきっとクレスト捜索に向かいたいと考えているはずだ。

エリスに先に会われるのはまずい。クレストとエリスがあまり良い関係を築けていなかったのは分かるけど、エリスが本気で謝罪をすれば、クレストは優しいからそれを許し、もう一度一緒になろうとするかもしれない。

それは私にとって最悪の状況だ。なんとしてもそれを避けるために、私が先にクレストに会う必要がある。

「ゴルアード様！」

そんな時だった。慌てた様子で部屋の扉が開かれた。

そちらに視線を向けると、そこには一名の騎士がいた。

「なんだ騒々しい！　また魔物か!?」

「い、いえ違います！　今入った下界捜索に関しての情報になります！　急いで耳に入れた方がよいと思いまして……！」

「下界捜索？　それが何だ？　これからミヌも交えて具体的な計画をたてようという話だったでは――」

父が不審げにそう言って首を傾げると、騎士がそれを遮るように口を開いた。

「り、リフェールド家のエリス・リフェールド様が、先程門を超えて一人下界へと出発したと速報が入りました！」

「な、なんだと!?」

え!?

閑話　「エリスのお見舞い」

エリスが体調不良になったと聞いた俺は、お見舞いのために彼女の家へと向かう。

家を出る時に渡されていたフルーツの入ったカゴを持ち上げる。

お見舞いの品に、と食堂の人たちに渡されたものだ。

エリスの家はうちの屋敷から歩いてすぐの場所にある。途中、ミヌの家であるミシシリアン家前を過ぎ、リフェールド家の屋敷についた。

相変わらず、大きいよな。

うちだって大きいが、リフェールド家の方が規模はある。うちのハバースト家はリフェールド家、ミシシリアン家と比べると一つ力が劣るのが、この屋敷を見てはっきりと分かる。

俺は入り口を守る騎士に話を通し、中へと案内してもらう。

事前に伝えていたため、中へはすぐに入ることができた。

建物へと続く長い庭を歩き、しばらく進む。

その時だった。

建物から一人の男性が騎士たちを引き連れ現れた。

エリスの父、ノルゴアーク様だ。

簡素ながらも正装に身を包んだ彼は、これからどこかへ用事があるのだろう。用意されていた馬車へと向かっていた。

その途中でこちらに気づいたのか、馬車に乗るのをやめて、俺の方に歩いてきた。

正直な気持ちを言えば、そのまま馬車に乗りこんでくれた方が良かった。俺はこの人が結構苦手だったからだ。

「久しぶりだな、クレスト」

「お、お久しぶりです」

「エリスの見舞いか?」

彼の視線が俺の持っていたフルーツのカゴへと注がれる。

俺は肯定するように何度か首を縦に振った。

「は、はい。今エリスの調子はどうでしょうか?」

「一応医者に診てもらったところ、数日ゆっくり休めば問題ないという話だった。ポーションも用意してもらったし、恐らくは大丈夫だろう」

「そうですか。良かったです」

「わざわざ、すまないな。お見舞いなど、大した意味はないだろうにエリスのわがままに付き合ってくれて感謝する」

「いえ、そんなことは、俺はこのくらいしかできませんから」

ノルゴアーク様は人としてはとても立派な人なんだろうけど、時々見せる冷たい表情が怖かった。

そんなこと、口が裂けても言うことはできなかったが。

「それじゃあ、私はこれで。少し用事があってな。また今度、集まりがある時にでもゆっくり話をしよう」

舞踏会か社交界か、それとも立食形式のパーティーか。

その日が来ることを思うと多少憂鬱《ゆううつ》ではあったが、俺はそんな感情を笑顔で塗り固めて頷いた。

「はい、よろしくお願いします」

ノルゴアーク様は馬車へと乗り、屋敷を去っていった。

その姿が見えなくなるまで頭を下げていた俺は、改めて建物へと入っていった。

中に入ると、騎士から使用人へと案内人が替わる。メイドの女性に案内されるまま、俺は屋敷内を歩いていく。

何度か来ているので、この屋敷には迷わずに歩くくらいは問題ない。

きょろきょろと周囲を眺めながら歩いていくと、エリスの部屋の前でメイドが足を止めた。

それから、彼女はノックをして中へと入る。

エリスとメイドの会話がかすかに聞こえる。内容までは、さすがに扉があるので聞き取れなかった。

それから少しして、扉が開いた。メイドがすっと一礼をすると、俺を中へと連れて行ってくれた。

部屋に入ると、エリスがいた。服装などはそのままであったが、髪などは思っていたよりも整から立ち去った。

家にいるというのにしっかりしているなぁ、と思っているとメイドがすっと頭を下げ、部屋

俺とエリスを二人きりにするためにそうしてくれたのだろう。

俺としては、エリスと二人きりになるとどんな無茶ぶりをされるか分からなかったため、できれば一緒にいてほしかったが。

家を出る時に渡されたお見舞いの品――フルーツの入ったカゴを近くのテーブルに置いた。

「これ、家から。体調が良くなるようにって」

「ありがとうございますわ」

エリスはベッドから体を起こし、こちらをじっと見てくる。

結構苦しいのだろう。彼女はどこか焦点の合わない目でこちらを見てきていた。

「大丈夫か、エリス？　無理しないで、横になっててていいから」

「大丈夫ですわ」

エリスはそういって意地になったように体を起こすものだから、俺は彼女へと近づいた。

彼女の肩を押すようにして、ベッドへと横にさせる。

それから近くに椅子を持ってきて、エリスを見た。

普段は強気なエリスとは思えないほどに、小さく見えた。

苦しそうに呼吸をしていて、早く良くなってほしいと本気で思う。

「エリス、何かすることはあるか？」

「いえ、別に大丈夫ですわ」

そうだよな。彼女が俺を頼るわけがない。

沈黙が嫌で何かできることがないかと問いかけてみたが、エリスは首を横に振った。

このまま俺がここにいても、エリスにとってはストレスになるかもしれない。

お見舞いは済んだ。これ以上ここにいても彼女の負担になってしまう可能性が高いため、俺は椅子から立ち上がった。

「それじゃあエリス。俺はそろそろ屋敷に戻ろうと思うから――」

俺がそう言うと、エリスが驚いた様子でこちらを見てきた。

それから彼女はどこか悲し気に目を伏せる。

「クレスト、もう帰ってしまいますの？」

演技なのではと思ってしまうほどに、彼女の声は弱々しかった。

悲しく目が伏せられ、いつものエリスとはまるで違ったために驚いてしまう。

「いや、俺がいてもできることないし」

「嫌ですわ。帰らせませんわ。この部屋に一緒にいなさい」

こ、怖い。

エリスの目に少しだけ力が戻った。命令口調の彼女に、俺は断ることはできない。

「わ、分かった」

椅子に座りなおすと、エリスが布団に入れていた手を差し出した。

よろよろとこちらへと手を伸ばしてくると、ぎゅっと俺の手を掴んでくる。

びっくりするほどに、手は温かい。熱い、といってもいいくらいだ。

「エリス、どうしたんだ？」

「手を握っていなさい。わたくしが眠るまで」

「分か、った」

ぎゅっと手を握りしめられ、俺もその手を握り返す。

するとエリスは、普段は見ないような柔らかな微笑を浮かべ、ゆっくりと目を閉じた。

時々、俺の手を確認するように握りしめてきた。

頬を僅かに染めたエリスは、恐らく熱によるものだろう。

来た時よりも顔が赤くなっているような気がする。

悪化、してしまったのだろうか？　やはり、俺がここにいない方がいいのでは？

そんなことを考えていると、目を閉じたままのエリスが口を開いた。

「クレスト、あなたはわたくしの婚約者なのですよ？　理解していますわよね？」

「も、もちろんです」

「それならば、わたくしが苦しんでいる時にここにいるのは、当然ですわよね？」

「も、もちろんです」

もうそれしか返せない。有無を言わさない、いつもの迫力を持っていたエリスは、満足気に口

元を緩めていた。

とりあえず、逆鱗には触れなかったってことで良しとすればいいのか？

しばらくエリスの様子を眺めていると、彼女から寝息が聞こえてきた。

そろそろ、大丈夫だろうか？　しばらく様子を見てから、俺はエリスの手首をつかみ、手を離そうとする。

細く柔らかく、少し力を入れれば潰れてしまいそうな腕だ。今はその白い肌は少し赤くなっていて、触れれば熱を持っているのが分かる。

「……」

どうにかエリスから手を放そうとしたのだが、ぎゅっと握り返された。

まだ起きていたか!?　と一瞬ドキリとしたが、いや、大丈夫だ。

やっぱり眠っている。

でも、この手を離すとすぐに起きてしまいそうだ。

それから試行錯誤をしたが、脱出は難しい。少し動くと、エリスの表情がぴくりと反応してしまう。

もしも無理やりに手を離し、起こしてしまったら一体後でどんな仕打ちを受けるだろうか？

絶対、怒られる。

俺は恐怖で縛りつけられてしまい、そこから動くことができずにいた。

椅子へと座りなおし、じっとエリスの様子を眺めることしかできなかった。

○

俺の頬がぺしぺしと叩かれた。

な、なんだ？　目をあけると、想定外の顔がそこにあった。エリスだ。

こ、ここはどこだ⁉　慌てて周囲を見ると、エリスの部屋だと分かった。

そして、すべて思い出した。

ああ、そうだ。俺エリスのお見舞いに来ていたんだった。それで、居眠りしてしまっていたようだ。

「起きなさい、何を寝ていますの？」

エリスが不機嫌そうな目でこちらを見ている。恐らく居眠りしていたからだ。

外を見ると、すでに夕方だ。

俺がエリスの家に来たのが昼頃だったたので、実に数時間は眠ってしまっていたようだ。

「え、エリス、体調はもういいのか？」

とりあえず、誤魔化すために問いかける。

見たところ、来た時よりも体調は良いように見えた。

彼女は自分自身の体を見るように視線を落としてから、こくりと頷いた。

「ええ。なんだか少し眠ったら体が軽くなりましたわ。たぶん、明日には完全には治っていますわね」

「そっか。それなら良かったよ」

俺が安堵の息を吐いていると、再びエリスの目が鋭く尖る。

「それにしても、クレスト。あなた、わたくしのお見舞いに来て昼寝とはいい度胸ですわね」

どうやら、誤魔化すことはできなかったようだ。俺は諦めて、頭を下げた。

「そ、それは、その。も、申し訳ありません」

俺は慌てて頭を下げる。このまま頭でも叩かれるんじゃないだろうか？

そう思っていたのだが、恐れていた衝撃は何もなかった。

「顔を上げなさい、クレスト」

ビンタか？　怯えて顔を上げると、エリスが頬を僅かに赤らめ、こちらを睨んでいた。

「昼寝はともかく、あなたのおかげで一応ぐっすり眠れましたわ。だから、今回は大目に見てあげますわよ」

ふん、とエリスはそっぽを向いてそんなことを言っていた。

頬が再び赤くなり、また熱がぶり返してしまったのかと不安になる。

けど、とりあえず罰は免れたようで、俺は安心していた。

「そ、そうか。その、悪かったよ。勝手に寝ちゃって」

「いえ、いいですわ。あなたも風邪がうつらないように気を付けてくださいまし」

「分かった。それじゃあな」

「ええ」

にこりと微笑んで、エリスが手を振った。

よ、良かった。

今日のエリスはどちらかというと優しいエリスで助かった。

五体満足……はさすがに言い過ぎだが、とにかく無事に屋敷を脱出できて、ほっと胸を撫でおろした。

本書に対するご意見、ご感想をお寄せください。

あて先

〒162-8540 東京都新宿区東五軒町3-28
双葉社　モンスター文庫編集部
「木嶋隆太先生」係／「卵の黄身先生」係
もしくは monster@futabasha.co.jp まで

ハズレスキル『ガチャ』で追放《ついほう》された俺《おれ》は、わがまま幼《おさな》馴染《なじみ》を絶縁《ぜつえん》し覚醒《かくせい》する ～万能《ばんのう》チートスキルをゲットして、目指《めざ》せ楽々最強《らくらくさいきょう》スローライフ！～②

2021年5月2日　第1刷発行

著　者　木《き》嶋《じま》隆《りゅう》太《た》

発行者　島野浩二

発行所　株式会社双葉社
〒162-8540　東京都新宿区東五軒町3番28号
[電話] 03-5261-4818（営業）　03-5261-4851（編集）
http://www.futabasha.co.jp/（双葉社の書籍・コミック・ムックが買えます）

印刷・製本所　三晃印刷株式会社

[電話] 03-5261-4822（製作部）
ISBN 978-4-575-24401-4 C0093　

Mノベルス

努力しても報われなかった少年は、交通事故に遭い命を落とし、異世界のハイラント皇国の大貴族、ファーレンハイト辺境伯家の長男エーベルハルトに転生した。転生した先の世界では魔法などが存在し、ステータスも存在した。自分のステータスを確認してみると、固有技能【継続は力なり】という努力すればするほど強くなれる能力を持っていた――。前世では努力しても報われなかった少年が今世では努力しても裏切られないことに歓喜する！　そして、今世では可愛い婚約者のリリーや、幼馴染で鍛冶屋の娘のメイル達と楽しく過ごしていた。しかし、そこに魔の手が迫ってきていて――。努力することで無限に成長できる少年の物語が今始まる！

発行・株式会社　双葉社

冒険者をクビになったので、錬金術師として出直します！
辺境開拓？
よし、俺に任せとけ！
Author
佐々木さざめき
Illustration
あれっくす
魔術師としての能力が絶望的に乏しいクラフトは、またしても冒険者パーティーをクビに。その足で、冒険者ギルドに向かうと受付嬢から生産ギルドに転属し、村を開拓しないかと提案される。その提案を受け入れ、クラフトは冒険者をやめてはれて生産ギルドに所属することに！　そこで紋章鑑定士に出会うが、彼からとクラフトと紋章の相性が破滅的に悪いため、紋章の書き換えをするように薦められる。魔術師の代りに適性があったのはなんと伝説の錬金術師『黄昏の錬金術師』の紋章であった――。錬金術があれば、辺境開拓もなんのその！大人気スローライフファンタジー開幕！

発行・株式会社　双葉社